KB074548

망생의 밤

도무지 어찌할 수 없는 상황 속에서도
어떻게든 해 보려는 당신에게

망생의 밤

이서현 소설집

메
카루북스

차례

나잇값

"늦었어요."

"백세시대야."

"그게 아니라 반응이 너무 늦다고요. 누가 보면 랙 걸린 줄 알겠어요."

나도 모르게 눈을 흘겼다.

"솔직하게 말하라면서요."

그렇긴 하다만 느려 터진 사람에게 느려 터졌다고 하면 속이 터지기 마련이다.

나의 우려와 달리 걱정할 필요 없다고, 용기를 내라는 말을 해 줘야 하는 거라고, 오죽했으면 너한테 물었겠느냐고 따지려다 관뒀다. 억울하다는 듯 해맑은 표정을 보고 있자니 괜한 말을 했다는 생각이 들었다. 이제 와서 무슨 말을 듣겠다고. 배나 채우자는 마음으로 메뉴판을 눌렀다.

"결국 저한테 고마워할걸요?"

"퍽이나."

"집에서 반대 안 해요? 게임 해서 어떻게 먹고사냐든가."

"게이머 돈 많이 버는 거 웬만한 사람은 다 알아."

"나잇값 하라든가."

짜파게티와 라면 사이에서 고민하다 말고 그를 쳐다보았다. 나잇값이라니. 그토록 진부한 단어를 여기서 듣게 될 줄이야.

"지금 나잇값 못 한다고 하는 거야?"

"어른들이 그런다는 거죠. 우리가 보기엔 나잇값을 너무 해서 문제죠."

국진은 변명은커녕 재밌다는 듯 웃었다. 그러곤 내 모니터를 슬쩍 살폈다.

"짜파게티 먹어요. 여기 짜파게티 맛있어요."

나이키는 "저스트 두 잇"이라 하지만 현실에서 "저스트 두 잇" 했다간 웃음거리가 되기 십상이다. "저스트 두 잇" 하려면 광고 찍을 재능 정도는 있어야 한다. 무슨 짓을 해도 용납될 외모를 타고났거나. 그것도 아니라면 말아먹어도 상관없을 만큼 돈이 많거나. 어느 쪽이든 처음부터 정해져 있었던 거다. 좀 더 빨리 발견했거나 뒤늦게 발견하거나의 문제일 뿐. 진짜 문제는 해 보기 전엔 알 수가 없다는 거지만.

국진의 말대로 짜파게티를 시킨 후 의자에 기댔다. 얼음이 다 녹아 밍밍해진 커피를 한 번에 들이켠 뒤 가방으로 손을 뻗었다. 책상 구석에 놓인 에코백은 지구의 먼지를 전부 흡수한 것처럼 때가 탔다. 다들 제발 가방 좀 빨라고 하지만 인생이 축축한 마당에 가방은 빨아서 뭣 하

나. 한참을 뒤적거려도 담배는 잡히지 않았다.

나는 늘 이런 식이다. 제대로 보지도 않고 원하는 것을 향해 한참 더듬거리다가 포기한다. 딱히 괴롭기만 한 건 아니었다. 그럼에도 나는 충분히 노력했고, 운이 따라주지 않았다는 말이 통하곤 했으니까. 문제는 그 말이 통하는 데에도 한계가 있다는 거였지만. 포기하고 손을 뺐다가 이내 가방을 집어 들었다. 가방 안을 보면서도 한참 더 뒤적거린 후에야 겨우 찾았다. 얼른 담배를 꺼내 입에 물었다.

"금연이에요."

레이더라도 있는 건지, 불도 안 붙였는데 곧장 알바생의 목소리가 날아왔다.

"안 피워요."

"전자담배도 안 돼요."

"입에 물고 있는 것도 허락받으란 거예요?"

"아무튼 안 돼요."

"짜파게티는 대체 언제 나와요?"

국진은 나를 빤히 쳐다보며 고개를 저었다.

"왜? 뭐?"

"누나가 애예요?"

"진정한 진상은 어른이지. 철은 안 드는데 자존심은 장난 아니게 세지거든. 괜히 꼰대가 생기겠니?"

그러자 국진은 또다시 고개를 저었다. 그런 국진일 보

10　　　　나잇값

고 있자니 새삼 묘한 기분이 들었다. 띠동갑도 넘는 애한테 한심하게 투정이나 부리고 있다니.

국진이는 국진이빵 때문에 세상에 태어났다고 했다. 국진이 아빠가 국진이 엄마에게 매일같이 국진이빵을 사 줬다고. 국진이를 낳을 때 국진이 엄마는 너무 괴로워서 국진이빵에 넘어가는 게 아니었다고 후회막심했는데, 막상 낳고 나니 생각나는 이름이 국진이밖에 없어서 국진이라 지었다고 한다.

나국진. 어쩐지 21세기에 어울리지 않는 이름이다. 정작 팬들은 그렇게 생각하지 않는 모양이었지만. 진중하고 냉철한 프로게이머에게 찰떡이라나. 사랑에 빠진 이들이 그러하듯 말도 안 되는 이유를 들며 발톱의 때까지 찬양할 기세였다. 이름도 나국진이라니! 아무리 생각해도 어이없는 감탄이다.

국진이와의 만남은 우연이라면 우연이고, 인연이라면 인연이다. 세계대회에도 종종 나가는 나국진은 경기만 끝나면 멍청하게 서 있는 자신이 못마땅해 영어과외를 받기로 했다. 분명 자신의 욕을 하는 것 같은데 해맑게 웃는 상대 선수가 거슬리기도 했다. 그의 과외 선생이 바로 내 친구였다. 경쟁을 해야만 습득이 잘된다는 그는 굳이 다른 과외생과 함께하길 바랐고, 하필 그때 친구와 함께 있던 사람이 나였다. 영문과를 나온 번역가임에도 회화 실력이 엉망진창인 내게 친구는 좋은 기회가 될 거라며 돈

11

을 받지 않겠다고 했다. 떨떠름한 반응을 보이자 매주 술을 사 주겠다는 약속까지 했다. 썩 유쾌하진 않았지만 나쁠 건 없을 듯했다. 경쟁에 환장한 것만 빼면 국진인 호쾌한 성격의 소유자였다. 덕분에 수업이 없는 날에도 종종 어울리기 시작했다. 과외 시간에 매번 뒤처지는 느낌이 들었다는 그는 자신의 영역인 PC방으로 이끌었고, 얼마 지나지 않아 나는 번역이고 나발이고 다 때려치우고 프로게이머를 꿈꾸게 되었다.

국진이 아니었다면 프로게이머를 꿈꾸는 일은 없었을 거다. 국진이를 따라 무언가 되고 싶었다는 게 아니다. 번역만 아니라면, 번역의 세계에서 벗어날 수 있다면, 다른 길이 보이기만 한다면 기꺼이 떠날 준비가 되어 있었다. 애초부터 번역가가 되고 싶었던 건 아니다. 물론 싫었던 것도 아니다. 수많은 장래희망 중 하나였을 뿐이다. 어렸을 때부터 내 꿈은 시도 때도 없이, 줏대 없이 바뀌었다. 엄마가 의사가 되라고 하면 의사가 되고 싶었고, 짝꿍이 선생님이 되자고 하면 선생님이 되고 싶었고, 드라마에 피디가 나오면 피디가 되고 싶었다. 번역 역시 마찬가지였다. 번역이 잘 어울릴 것 같다는 교수님의 말에 번역을 꿈꾸게 되었다. 언젠가 줏대 없는 꿈의 대가를 치르게 될 거라고는 생각조차 하지 못했다. 이루지 못했던 수많은 꿈들처럼 쉽게 떠날 수 있을 거라 여겼다. 하지만 먹고 사는 문제가 된 다음에는 쉬이 떠날 수 없었다.

번역 일 자체가 힘들었던 건 아니다. 문제는 과정이 아닌 결과였다. 내가 만들어 낸 결과물은 잘해도 잘했다는 말을 듣기 어려운 것이었다. 번역한 글이 마음에 들지 않거나 재미가 없으면 글을 쓴 작가가 아닌 글을 옮긴 번역가가 문제라는 말이 꼬리표처럼 따라붙었다. 언젠가 번역가 선배는 번역은 작품을 지키는 첫 관문이라고 했다. 누구나 쉽게 무너뜨릴 수 있는 관문이라고. 그러니 견고해야 한다는 뜻의 충고였지만, 그 관문이 작품을 지켰을지는 몰라도 나를 지키진 못했다. 나는 늘 시달렸다. 결국엔 일을 잘하고 싶다는 생각보다 왜 내가 쓰지도 않은 글을 그대로 옮겼다는 이유만으로 욕을 먹어야 하는 건지 이해할 수 없는 지경이 되고 말았다. 그 억울함에, 부러움에 글을 써 보려고도 했었다. 장렬하게 패배하고 말았지만. 문과 벽 사이에 갇혀 있는 느낌 속에서 게임은 나를 자유롭게 만들어 줬다. 누군가 만들어 둔 세계 속에서 자유롭게 움직일 수 있었다. 왜 이것을 만들었는지, 무슨 말이 하고 싶은 건지 이해하려 들지 않아도 상관없었다. 설령 게임을 못할지라도 게임 자체를 망쳤다는 말은 따라붙지 않았다. 오직 내 움직임에만 책임지면 그뿐이었다. OVER라는 글자 앞에서도 자유로웠다. 그 홀가분함에 내 인생을 전부 걸고 싶어졌다. 게이머랑 어울리다 보니 이젠 게이머가 되고 싶어진 거냐고 친구가 물었지만 이번만큼은 달랐다. 게이머는 무슨, 절대로 안 될 거라는 말에도 쉽사리 포기가 되지 않았다.

하고 싶은 일에 나이가 무슨 상관이냐고 말하던 국진은 게이머가 되겠다는 내 말에 돌변해 손가락 관절이 갈 데까지 갔다고 했다. 역시 인생은 실전이고, 실전만큼 가혹하고 쓰라린 게 없다. 모욕에도 불구하고 나는 매일같이 PC방에서 열두 시간을 채우며 열정을 불태웠고, 국진이 역시 응원해 주기 시작했다. 그렇게 유일한 인맥을 조르고 졸라 입단 테스트까지 받게 된 터였다. 그런데 테스트 하루 전날 나의 인맥이 솔직함을 빙자해 나잇값을 운운하는 것 아닌가.

"누나, 게이머가 왜 되고 싶어요?"

"지뢰찾기는 대체 왜 하니?"

"재밌잖아요. 사실 지뢰찾기도 실력이거든요. 근데 이건 실패해도 운이 나빴다고 하면 그만이에요. 지뢰를 밟는 게 그렇잖아요. 그런 점이 재밌어요. 게이머는 왜 하려고 하는 거냐고요."

구구절절 내 마음을 늘어놓고 싶진 않았다.

"나도 똑같아. 재밌잖아."

국진은 진심이냐는 듯 나를 쳐다보았다.

"그러기엔 나이가 너무 많지 않아요?"

내 나이가 뭐 그리 많으냐고, 나 정도면 아직 젊은 거라고 따지려다 말았다. 두 번씩이나 확인 사살을 당할 필요는 없으니까.

"넌 고작 스물둘밖에 안 된 애가 왜 그렇게 늙은이처럼 구냐. 언제는 나이가 무슨 상관이냐며. 너 그런 애야? 생각 없이 뱉고 뒤에 가서 욕하는?"

국진이 웃음을 터뜨렸다. 그러곤 다시 진지한 표정을 지으며, 여전히 느리고 신중하게 지뢰를 찾았다.

"입단 테스트 받으러 오는 사람들이 전부 어리진 않아요. 대부분이 십 대긴 하지만 이십 대도 있고, 간혹 사십 대도 있어요. 한번은 오십 대도 왔었는데, 아들 말리다가 자기가 더 빠졌다나. 나이 제한이 없으니 누구나 올 수 있죠. 잘만 하면 무슨 상관이에요. 그래도 테스트에서 나이를 들먹일 때가 있어요. 왜 줄 알아요?"

나는 아무 말도 하지 않았다.

"부드럽게 말하는 거예요. 가장 납득하기 쉬운 방법으로 거절하는 거죠. '더럽게 못하네. 게이머는 무슨, 꿈깨.'를 돌려서 말하는 거라고요."

국진인 지뢰를 찾았고, 아쉽다는 듯 창을 껐다.

그 말이 사실이라면 나잇값이라는 건 정곡을 찔리지 않기 위해 치르는 값일지도 모른다. 프로게이머의 자질은 물론이거니와 눈치까지 없다는 것을 나잇값 소리를 몇 번이고 들은 후에야 알게 되다니. 때마침 나온 짜파게티만 아니었다면 한바탕 욕을 퍼부었을지도 모르겠다.

짜파게티는 순식간에 사라졌다. 국진의 말처럼 짜파게티는 맛있었다. 어쩐지 그의 말을 들어야 할 것 같았지만 그러기엔 너무 늦었다.

"한 판만 더 하자."

"또요?"

"누나 진짜 간절하거든. 번역도 때려치웠잖아. 게이머 꼭 돼야 돼."

"번역이야 다시 하면 되죠."

"인생이 그렇게 간단한 게 아니란다. 떠나온 길을 다시 가자면 한참을 돌아가야 돼."

"간절하다고 길이 생기진 않아요."

설령 그렇다 할지라도 이제 와서 그만둘 수는 없었다. 길이 없다는 걸 기어코 확인해야만 하는 일이 있다. 후회할 줄 알면서도 그 후회가 빗나가기만을 바라며 해야 하는 일이었다.

"너가 아직 몰라서 그래. 살다 보면 더럽게 운이 좋은 날도 있거든. 절대 안 되는 게 되기도 하고, 엉망진창인데 그걸 또 좋게 봐 주는 사람이 있기도 하고. 세상이 나도 모르는 재능을 봐 주는 때가 있거든. 실력도 나이도 가리지 않는 게 운발이라는 거야."

"그런 건 도박 중독자들이나 하는 말이에요."

그 순간 화면이 전환되었고, 나는 마우스를 잡았다.

한여름의 동상

거울 앞에 선 유월은 차마 입을 떼지 못했다. 양쪽 볼에 붉은 네모가 떡하니 남아 있었다. 눈을 비벼 봐도 마찬가지였다. 일단 진정하자. 유월은 심호흡을 한 뒤 화장실로 들어갔다. 세면대 앞에서 잠시 망설였다. 이럴 땐 어떡해야 하는 걸까. 따뜻한 물로 씻어야 되나, 차가운 물로 씻어야 되나. 주저하다 미지근한 물로 씻었다. 세수를 한 뒤에도 달라진 건 없었다. 볼 위의 붉은 네모는 여전히 선명했다.

남은 시간 세 시간.

침착하자. 별일 아니다. 살짝 붉을 뿐이다. 유월은 속으로 되뇌며 빠른 속도로 화장을 해 나갔다. 토너로 얼굴을 닦아 내고 에센스, 수분크림, 선크림, 파운데이션을 바른 뒤에도 붉은 네모는 사라지지 않았다. 재빨리 다시 세수를 하고 평소 바르지 않던 프라이머와 베이스까지 챙겨 발랐다. 살짝 희미해진 것 같기도 했다. 이내 다시 거울을 들여다보았을 땐 여전히 선명한 채였다.

유월은 폰을 집어 들고 셀카를 찍었다. 구린 화질에도

불구하고 붉은 네모는 또렷하게 찍혔다. 인정할 수밖에 없었다.

망했다.

카메라 앱을 끄고 곧장 검색창을 켰다. 얼굴 붉은 기, 붉은 자국, 얼음 화상, 얼음 마사지, 온갖 키워드를 검색해 보았지만 화상엔 얼음을 대면 안 된다는 둥 냉찜질과 온찜질을 반복하는 게 좋다는 둥 필요 없는 정보만 가득 나왔다. 도무지 방법이 없는 걸까.

세상엔 해결할 수 없는 일도 있다. 아무리 애를 써도 인력으로 할 수 없는 일, 정신 건강을 위해 말끔히 포기해야만 하는 일. 그렇다 할지라도 이번만큼은 포기할 수가 없었다. 세 시간 안에 기필코 피부를 되살려야만 했다.

눈물이 나려는 순간 글 하나를 발견했다. 수술 후 부기를 빼기 위해 얼음 마사지를 하고 있었더니 간호사가 들어와 동상에 걸릴지 모르니 그만하라고 했다는 내용이었다.

동상? 마사지로 동상을 입기도 한다는 건가?

어제 외출에 앞서 유월은 화장솜을 녹차에 적셔 냉동실에 넣어 두었다. 올해 들어 가장 더운 날이라는 뉴스를 본 직후였다. 팩보다 효과가 좋다는 말에 좀 더 부지런을 떨어 보기로 한 것이다. 집으로 돌아와서 화장솜을 볼에 올렸는데, 그 광경이 계획처럼 아름답지는 않았다. 꽝꽝 얼어붙은 화장솜은 볼에 제대로 붙지도 않았을뿐더러 견디기 힘들 정도로 차가웠다. 포기할 수는 없는 노릇이라 이를 악물고 굳이 얼굴에 올려 두었다. 안되는 사람은 뒤로 넘어져도 코가 깨진다더니, 딱 그 짝이었다.

허탈함에 멍하니 서 있던 유월은 엄마에게 전화를 걸었다. 엄마는 꾸미는 데 일가견이 있었고, 피부과 역시 정기적으로 다녔다. 전화를 받지 않던 엄마는 삼십 분이 지나서야 다시 전화를 걸어왔다. 유월은 재빨리 상태를 설명했지만 엄마는 해답은 내놓지 않은 채 타박만 했다.

"얼린 걸 그대로 올렸다고? 거즈를 중간에 뒀어야지. 무슨 애가 그런 것도 몰라?"

엄마는 비난을 하면서도 유월의 부주의에 감탄까지 했다. 현대인이 구석기인이라도 만난 것처럼.

"알았으니까 어떡해야 되냐고."

"어쩌긴, 여기서 내가 뭘 어떡하니. 병원 가 보든가."

답도 없고 답답해 죽겠는데 엄마는 핸드폰 벨이 안 울리는 것 같다며 어떡해야 하냐고 전화를 끊으려 들지 않아 유월은 속을 끓여야만 했다. 병원부터 가야 할지, 면접 준비를 다 하고 병원에 가야 할지 헷갈렸다. 옷이 구겨지지 않으려면 다녀와서 갈아입는 게 마땅했지만 그러기엔 시간이 촉박했다. 망설일 시간조차 없었다. 유월은 서둘러 옷을 갈아입었다. 카메라 테스트를 위해 새로 산 정장이다. 한 달 치 생활비를 통째로 날리는 무리한 지출이었지만 카메라 테스트만 남겨 둔 마당에 아낄 수도 없었다.

한여름의 동상

무려 2년 8개월 17일 만에 온 기회였다. 기레기라고 조롱까지 당하는 직업이 어째서 이토록 갖기 어려운 건지. 기사를 발로 쓰고 생각도 없다는데 왜 이렇게 많은 시험을 쳐야 하는 건지. 가끔은 뭣 하러 이 고생을 하는 건지 스스로도 이해가 안 됐지만 어쩔 수 없었다. 어렸을 때부터 한결같이 지켜 온 꿈이었다. 기자가 되고 싶었고, 방송국 말고는 생각도 하지 않았다. 대학도 당연히 언론정보학과로 갔고, 뒤처지지 않기 위해 영어를 복수전공하고 중국어 부전공까지 했다. 대학 방송국 활동은 물론이고 신문사에서 인턴도 했다. 성향에는 전혀 맞지 않는 곳이었지만 취준생에게 식성에 딱 맞는 밥상은 나오지 않는 법이다. 불평조차 하지 않는 현실감이 새로운 현실을 만들어 줄 거라 믿었다. 기어코 뒤통수를 치고 마는 게 현실이라는 것도 모르고.

　서류 통과는 어렵지 않았다. 1차 시험도 곧잘 통과했지만 2차, 3차에서 번번이 실패했다. 대여섯 번 떨어지는 건 당연하다 했지만 그게 위로가 되진 않았다. 심지어 전 남자친구는 고작 삼 개월 만에 피디가 되었다. 그러곤 너무 바빠서 만나기 힘들다는, 방송국에서 만나자는 되지도 않는 말을 남긴 채 떠났다. 이별에 슬퍼할 힘도 없었다. 그렇게 버티고 버텨 드디어 카메라 테스트와 면접만 남겨 두고 있었다. 그 두 가지가 한 번에 진행되는 중요하디중요한 날 이 꼴이라니. 한숨이 절로 나왔다.

병원은 북적였다.

유월은 차분해지려 애썼지만 긴장감을 감출 수가 없었다. 대기실 소파엔 사람이 가득했다. 끄트머리에 자리가 있었지만 정장이 구겨질까 차마 앉지도 못했다.

11시 45분. 이동 시간까지 생각하면 한 시간 반밖에 남지 않았다. 유월은 초조하게 서성이다 접수대로 다가갔다.

"저기…… 제가 오늘 너무 중요한 일이 있어서 그러는데 빨리 좀 안 될까요?"

"기다리세요."

간호사는 모니터에서 시선을 떼지 않은 채 심드렁하게 말했다.

"면접 시간 때문에 그러는데……"

"삼십 분 정도 걸려요."

"제가 진짜 급해서…… 정말 중요한 거라서 그래요."

그제야 간호사는 고개를 들었다.

"선생님, 급하면 일찍 오셨어야죠. 다른 분들도 시간이 넘쳐서 아침부터 오는 게 아니에요. 저도 어쩔 수가 없어요."

유월은 간호사의 단호한 말투에 울고 싶어졌다. 틀린 말이 아니라는 걸 알면서도 서운한 감정이 솟구쳤다. 다른 사람에게 양해를 구해 볼까 하는 마음에 고개를 돌렸지만 시선을 받아 주는 사람이 없었다. 때마침 눈이 마주친 남자 역시 재빨리 고개를 숙였다.

한여름의 동상

접수대에서 한 발짝 물러나 근처에 다른 병원이 있나 찾아보았지만 그쪽이라고 상황이 다를 것 같지 않았다. 여기저기 쫓아다니다 시간만 날릴 게 뻔했다. 기다리는 수밖에 없다는 걸 알면서도 초조함은 사라지지 않았다. 유월은 정신없이 왔다 갔다 하며 손톱을 물어뜯었다. 그러는 사이에도 시간은 흘렀고, 삼십 분이 아닌 사십 분을 기다린 후에야 진료실에 들어갈 수 있었다.

"가벼운 동상이에요. 약이랑 연고 드릴 테니까 삼 일 뒤에 다시 오세요."

"삼 일이나요? 제가 너무 급해서 그러는데 빨리 가라앉힐 순 없을까요?"

"피부마다 손상 정도가 달라서, 지켜보는 수밖에 없어요."

"면접이 있어서요."

"언제 가시는데요?"

"한 시간 후에요."

순간 의사는 탄식을 내뱉었지만 금세 그런 적 없다는 듯 밝게 말했다.

"볼 조금 빨갛다고 안 뽑는 게 말이 되나요. 그런 회사라면 안 가는 게 좋죠."

세상 물정 모르는 태평스러운 말이었지만 따지고 들 시간이 없었다.

"카메라 테스트예요. 시술 같은 건 없나요? 잠깐이라

도 괜찮아 보인다거나."

"시술하면 더 심해 보이죠. 안타깝지만 제가 해 드릴수 있는 게 없어요. 지금은 피부가 쉬어야 해요. 추천하진 않지만 화장으로 커버하는 게 좋겠네요."

"화장으로 안 되니까 그러죠."

의사는 안타깝다는 표정을 지어 보일 뿐 더는 말이 없었다.

어이가 없었다.

한여름에 동상이라니. 겨울이라면 이해라도 될 텐데. 원래부터 붉은 네모를 가진 사람처럼 보일 것 아닌가. 잘 보이려고 팩을 하다가 이렇게 됐다고 구구절절 떠들 기회는 없을 거다. 겨우 3분 만에 끝난 진료였지만 계산하고 약까지 받으니 한 시간이 훌쩍 지나 있었다. 이대로 포기하거나 얼른 화장을 해서 조금이나마 가리고 가는 수밖에 없었다.

피부과에서 나온 유월은 미용실 앞에서 멈춰 섰다. 매번 메이크업을 받을 여유가 없어 백화점 문화센터에서 수업까지 들었다. 수강료도 적지 않은 금액이었지만 장기적으로 봤을 땐 훨씬 싸게 먹혔다. 하지만 동상 앞에선 아무런 소용이 없었다. 천 원짜리 팩이나 붙일걸, 후회가 밀려왔다. 잘해 보려고 한 일이 상상도 못 했던 최악의 상황을 만들고 말았다.

기자 이유월.

모두가 네가 아니면 누가 기자를 하겠느냐고 했다. 합격은 당연하고 가장 먼저 합격할 거라고 했다. 그랬던 스터디원들 사이에서 남은 건 유월뿐이다. 다들 진즉에 합격했거나 서둘러 언론고시의 늪을 탈출했다. 그러는 사이에도 유월은 묵묵히 버텼다. 언젠가 기어코 합격할 거라 믿었다. 착각이었을까. 미용실 거울 속의 붉은 네모가 불합격 낙인처럼 느껴졌다.

"잘 안 가려지네."

메이크업 디자이너는 블러셔를 다시 지우더니 컨실러를 집어 들고 펴 바르기 시작했다.

"몇 분이나 올려 두신 거예요? 이런 경우는 처음 봐요. 한여름에 동상이라니."

굉장한 에피소드라도 얻은 것처럼 들뜬 목소리였다.

유월이 노려보자 디자이너는 머쓱한 표정을 지은 뒤 화장에 집중했다. 한여름에 동상이라니.

계절의 여왕이라고 지어진 이름이었다.

아빠는 출생신고를 한 후에야 계절의 여왕이 유월이 아닌 오월이라는 것을 알았다고 했다. 그 때문인 걸까. 이 계절, 모든 게 자신을 두고 달아나고 있는 듯했다.

"울면 안 돼요."

울면 안 된다는 것쯤은 알고 있었지만 울지 않으려고 마음먹은 순간 기어코 눈물이 나오는 것을 막을 수가 없

25

었다.

붉은 네모가 자꾸만 제 모습을 드러냈다.

한여름의 동상

복이 참 많으세요

오작가는 한숨을 내쉬었다.

"아무래도 내 실수였던 것 같아. 시간 좀 아껴 보려고 했더니 어째 시간이 더 들어."

이럴 시간에 본론만 말하면 시간이 절약될 거라 답하고 싶었지만 보조 작가에게 입이란 없는 거다. 벌써 30분째였다. 당장 때려치우고 싶다만 어쩌겠는가. 지금 나에겐 선택의 기회라는 게 없다.

오작가로 말하자면, 시청률이 5프로도 나오기 힘든 시대에 20을 딱딱 찍어 주는, 스릴러면 스릴러 멜로면 멜로, 주연이든 조연이든 지나가는 엑스트라마저도 돋보이게 만드는, 넘치는 재능의 소유자였다. 동시에 하루가 멀다 하고 보조를 구할 만큼 지랄 맞은 성격으로 유명했다.

모두가 실수하는 거라고 했다. 악마에게 영혼을 파는 것보다 못할 짓이 악마에게 시달리는 거라고.

성공에 눈먼 자에게 들릴 리가 있나. 오작가 밑에서 배워 오작가에 버금가는 작가가 되는 게 나의 간단한 목표였다.

드디어 오작가가 A4용지를 책상 위로 던졌다. 자, 이제

네가 뭘 잘못했는지 말해 볼래? 질문이 나올 차례였다.

"너 꼭 글을 써야겠니?"

예상과 다른 질문에 멈칫했다.

"디자인 전공했다며, 영상 디자인?"

"시각 디자인이요."

"그래, 그거. 요즘 디자이너들 잘나가잖아. 수첩 하나를 사도 디자인 보고 고르는 시대잖아. 그 좋은 재주 두고 왜 글을 써?"

"그게……"

"그게 뭐?"

대답을 듣기 전까진 넘어가지 않을 태세였다.

"……글이 좋으니까요."

"글이 좋아? 그럼 소설 써, 소설. 드라마는 글로 쳐주지도 않아. 작가놀음? 웃기지 말라 해. 뼈를 갈아 넣어도 저 정도는 나도 쓴다는 말 듣는 게 드라마 작가야. 일 년, 아니지 이 년 삼 년 처박혀서 쓴 글이 고작 한 시간도 안 돼서 폐기 처분 당하는 게 드라마야. 근데도 하고 싶어?"

"……드라마가 좋으니까요."

"너, 이거 좋아하면 더더욱 하면 안 돼. 좋아하는 걸 일로 만들면 끔찍해지는 게 명백한 팩트야. 팩. 트."

"제 글이 그렇게 별로예요?"

"패기는 좋아. 근데 넌 패기밖에 없어. 지금도 봐. 생각은 안 하고 따박따박 대꾸만 하고 있잖아. 그러니까 우리 보고 성질 더러운 것만 모아 놨다고 하는 거 아냐."

"어디가 별로예요?"

오작가는 어이없다는 듯 나를 빤히 쳐다보았다.

"그걸 물어봐야 알아? 넌 애네가 지금 대화하는 거 같니? 티키타카는 안 돼도 대화는 돼야 할 거 아냐. 지 할 말만 하는 게 대화야?"

지금 우리가 하는 건 대화인가요? 묻고 싶은 마음이 굴뚝같았으나 아직은 뛰쳐나갈 용기가 생기지 않았다. 어떻게 들어왔는데. 모두가 뛰쳐나간 자리에서 버티는 가장 큰 이유는 갈 데가 없기 때문이다. 몇 백씩 들여서 학원을 다녀도, 공모전에 주구장창 내 봐도, 프로덕션을 찔러 봐도 답이 없었다. 그 와중에 말도 안 되게 잘나가는 작가가 일단 한번 와 보라고 했다. 보조 작가 따위 하지 말라는 말도 많았지만 배부른 소리일 뿐 어떻게든 비비고 서 있는 것이 이 바닥의 기본 아닌가. 오작가 밑에서 삼 개월을 버텼으면 꽤 많이 버틴 걸까. 턱도 없으려나. 적어도 일 년 정도는 버텨야 하는 건가. 그것도 아니라면 두세 작품 정도는 버텨야 되는 걸까. 그럼 내 인생에서 대체 몇 년이 지나는 거지?

"애 좀 봐. 이 와중에 멍때리네. 정신 차려."

"다시 써 올게요."

"아니, 쓰지 마. 쓰지 말고 집에 가."

"네?"

"자꾸 맹하게 굴래? 내가 지금 너를 잘라야 마땅한데, 참고 참아서 시간 주는 거야. 삼 일 동안 잠을 자든 산책을 하든 이 짓을 해야 되나 말아야 되나 고민하고, 그걸 써 와."

"그거라뇨?"

"드라마를 할지 말지, 에세이 하나 써 오라고. 그거 보고 계속 시킬지 말지 정할 테니까."

"반성문 써 오라는 말씀이세요?"

"내가 언제 반성문 쓰랬어. 에세이 쓰라고 에세이. 너도 내 밑에 있던 애들이 다 제 발로 걸어 나간 것 같니? 내 성격이 지랄 맞아서 도망쳤다고? 아니. 지들이 쫓겨나서 쪽팔리니까 내 핑계나 대고 있는 거지. 난 말이야. 그냥 좋아서, 멋져 보여서 하겠다는 애들 딱 질색이야. 욜로니 워라밸이니 딱 질색이라고. 그렇게 살았으면 내가 지금 이 성질 부리고 살았겠니? 내가 이딴 글 받고도 복지 생각해야겠니? 내 복지는? 내 복지는 누가 챙겨 주는데!"

급기야 오작가는 소리를 질렀다. 그쯤 되니 튀어나오는 수밖에 없었다.

그만 쓸 생각을 안 한 건 아니다. 지난달에도 했고, 지지난달에도 했고, 작년에도 했다. 재능이 없어도 이렇게 없는 건가 싶었고, 그나마 있던 끈기마저 전부 당겨쓴 것 같았다. 시간은 흘러가고, 빚은 점점 늘어나고, 인생은 컴컴해져만 가는데 꿈이라는 게 대체 무슨 소용인가 싶었다.

솔직히 말하면 왜 드라마 작가가 되고 싶었는지 기억도 안 난다. 기억상실이라도 되는 것처럼 기억 자체가 안 난다는 건 아니다. 다만 그때의 감정이 기억나지 않을 뿐이다. 의문이 들기도 한다. 정말 하고 싶었던 걸까. 기억하지 못하는 마음을 진심이라 할 수 있을까.

제대로 잔 게 언제인지 모르겠을 정도로 피곤했지만 잠이라도 자라는 말을 들으니 자서는 안 될 것 같았다. 그렇다고 딱히 할 일도 없었다. 그래서 걸었다. 지저분하고 정신없는 길을 걷고 또 걸었다.

대한민국에서 가장 잘나간다는 강남 한복판이 이렇게 더러워도 되는 건가. 청소 좀 제대로 하라고 민원이나 넣을까 고민할 때 누군가 내 팔을 잡았다.

"저기……"

내가 노려보자 그는 놀라며 물러섰다.

"몇 번 불렀는데 답이 없으셔서……"

조금 전 그가 잡아당긴 티셔츠의 팔꿈치 부분이 툭 튀어나와 있었다. 근데 내가 티셔츠를 언제 갈아입었더라.

"왜요?"

"그러니까……"

"그러니까 왜요."

"……얼굴에 복이 많으셔서……"

기가 막혔다.

"그래서 복 좀 달라는 거예요?"

뭐, 나도 매번 이렇게 까칠한 건 아니다. 날이 날이니 만큼 가뿐히 넘길 여유가 없을 뿐이다. 복이 많기는 개뿔. 차라리 복이 없다고 하면 어디 한번 얘기나 들어 보자 했을지도 모른다. 거기까지 생각이 이르자 괜히 따지고 싶었다. 몇 걸음 가지 않아 돌아섰더니 여전히 어쩔 줄 모르며 다른 사람에게 말을 붙이려 애쓰는 그가 보였다. 다들 바쁘게 움직이는데 혼자 랙 걸린 로봇마냥 쭈뼛거렸다. 나는 그에게 다가갔다.

"저기요."

그는 화들짝 놀라며 나를 바라봤다. 그러곤 곧장 고개를 숙였다.

"죄송합니다."

"그래 가지고 일이 돼요?"

"그게⋯⋯"

"거긴 교육도 안 시켜 줘요?"

"시켜 주는데⋯⋯ 오늘이 처음이라."

나도 모르게 한숨이 나왔다.

그러고 보니 완연한 초가을이었지만 그는 땀으로 흥건했다. 언제부터 서 있었던 걸까.

"그리고 저 복 없거든요?"

"얼굴엔 복이 있는데⋯⋯ 그게⋯⋯ 복을 제대로 사용하지 못해서 생기는⋯⋯"

"원래 그렇게 말해요?"

그는 다시 한 번 화들짝 놀라며 고개를 저었다.

내가 지금 뭘 하고 있는 건지. 드디어 미쳤구나 싶으면서도 어차피 할 일도 없는데 이야기나 들어 볼까 싶었다. 내 얼굴의 복은 차치하고, 대체 왜 이러고 있는 건지, 도통 맞지 않는 일 같은데 도망치지 않는 이유가 뭔지, 땀을 뻘뻘 흘리면서도 그늘에 들어설 생각은 왜 못 하는 건지 궁금했다.

"제사 같은 건 안 지낼 거예요. 그래도 얘기하고 싶으시면 커피나 한잔하실래요?"

그의 얼굴에 반가움이 스치다 실망감이 따라왔다. 그는 잠시 망설였다. 제사를 지내는 게 목적일 테니 시간 낭비가 될 수도 있었다. 제사 지내는 걸 보는 게 딱히 손해될 건 아니라는 생각이 들었지만 — 언젠가 써먹을 수도 있으니 — 나의 주머니 사정이 거기까지는 허락지 않았다. 커피 한 잔 베푸는 것도 사치라면 사치였다.

그는 잠시 망설이다 물었다.

"아이스 카라멜 마끼아또로 마셔도 되나요?"

고개를 끄덕이기 무섭게 그는 스타벅스 안으로 들어갔다. 염치없게도 그는 아이스 카라멜 마끼아또 벤티 사이즈를 시켰다. 나는 괜히 짜증이 나서 뜨거운 아메리카노 톨 사이즈를 시켰다.

"종이 빨대로 마시면 예전에 우유 마시던 게 생각나요."

이건 또 무슨 개소리인가. 그를 쳐다보니 그는 수줍게

웃었다.

"제가 학교 다닐 땐 우유급식이 있었거든요. 보통 흰 우유를 마셨어요. 그러다가 어느 날부터 초코 우유, 딸기 우유도 신청할 수 있게 된 거예요. 한 달에 천 원인가 이천 원인가 더 비쌌어요. 엄마한테 초코 우유가 먹고 싶다고 했는데 엄마가 절대 안 된다고 하셨죠. 제 짝이 초코 우유를 먹었는데 제가 너무 부러워하니까 남겨 주곤 했어요. 마시려고 보면 우유팩 입구가 이미 너덜너덜했어요. 우유에서 종이 맛이 났죠."

"그렇게 씁쓸한 얘기를 웃으면서 해요?"

"왜 씁쓸해요. 친구가 절 위해서 남겨 준 건데."

남자는 또다시 해맑게 웃었다. 다행이라는 생각이 드는 한편, 뭐가 이리 해맑아? 짜증이 솟구쳤다.

"기분 좋으세요?"

"좋죠. 덕분에 커피도 마시는데."

그는 커다란 컵을 살짝 들어 보이며 웃었다.

무슨 얘기를 하든 해맑게 웃는 게 방침이라도 되는 건가. 아니면 그냥 나사 빠진 사람인 걸까.

"이런 일은 왜 하시는 거예요?"

"나쁜 일 아니에요. 사람들이 오해하는 거죠."

"오해요?"

"선한 의도는 오해받기 마련이죠. 일단 그럴 리 없다고 단정하고 나면 꼭 필요한 절차들도 괜한 짓처럼 보이거든요. 우리는 좋은 일을 하고 있고, 언젠가 오해가 사라질 거라 믿어요."

나는 자세를 고쳐 앉았다. 에어컨 바람에도 불구하고 아메리카노는 여전히 마시기 힘들 정도로 뜨거웠다.

"지나가는 사람 붙잡고 복 타령을 하는 게 무슨 선한 의도가 있다는 거예요?"

"세상엔 좋은 에너지가 넘쳐요. 문제는 좋은 에너지를 제대로 쓰지 못하는 데 있어요. 개인의 문제가 아니라 사회적 문제예요. 우리가 잠재력을 발휘하지 못하는 게 세상의 발전을 막는 거죠. 본인을 위해서나 사회를 위해서나 깨달아야 해요."

조곤조곤한 말투였지만 조금 전과는 달리 자신감이 묻어났다. 스리슬쩍 배신감이 올라왔다. 알고 보면 고단수 아냐? 일단 동정심을 자극하라, 뭐 이런 건가? 당장 일어서고 싶은 마음과 어디까지 하나 들어 보겠다는 마음이 동시에 들었다.

"원래 이렇게 말을 잘하세요?"

"아니요. 아까 제 모습이 평소 모습이에요. 지금은 먼저 손 내밀어 주셨잖아요. 이런 경우는 진짜 드물거든요. 진짜 복이 많으세요."

"그놈의 복은 왜 혼자 다니는 사람한테만 있어요? 둘이 지나갈 때는 그 소리 한 번도 못 들어 봤어."

"그거야 혼자 다니는 사람이 접근하기 좋으니까요."

"그것 봐. 만만해서 그러는 거지. 진짜 복이 많은 건 아니잖아요."

"복은 모든 사람에게 있어요."

아…… 어차피 모든 사람에게 복이 있으니 만만한 사람을 공략한다는 건가. 헛소리 같으면서도 묘하게 설득되었다. 남자의 카라멜 마끼아또는 바닥을 보였다. 목이 말랐는지, 당이 필요했던 건지, 속았다 싶으면서도 어쩐지 짠했다.

천천히 그를 살폈다. 딱히 큰 옷도 아닌데 흰 반팔과 청바지가 헐렁해 보였고, 옆에 내려놓은 가방 역시 낡았다. 하얗게 질린 얼굴과 더불어 새치 역시 적지 않았다.

"하나 물어봐도 돼요?"

"그럼요. 커피도 사 주셨는데."

"이 일은 왜 하는 거예요? 아무리 봐도 안 어울리는데."

"전 무슨 일을 해도 그래요. 다 안 어울린다고. 근데 이 일은 그래도 상관없으니 열심히 해 보라고 했거든요."

"받아 줘서 했다는 거예요?"

"꼭 그런 건 아니지만, 받아 줘야만 할 수 있는 거잖아요. 일이라는 게."

"하고 싶은 일은 없어요?"

"꼭 그런 게 있어야 하나요? 답답해 보이세요. 일이 잘 안 풀리세요?"

"잘 풀렸으면 이러고 있겠어요?"

"저랑 같이 가 보실래요? 도움이 될 거예요. 막힌 복을 뚫어 주는 게 중요하거든요. 복이 막혀 있을 땐 뭘 해도 잘 안 풀려요."

"그쪽부터 뚫지 그래요?"

"전 뚫었죠. 이렇게 커피도 마시고 있잖아요."

"이깟 커피가 뭐라고 아까부터 커피 커피 그래요. 커피 한번 얻어 마시면 인생이 쫙쫙 풀려요? 인생이 그렇게 간단한 게 아니잖아요. 그깟 복 좀 있다고 풀리는 게 아니라고요. 복 말고 돈이 있어야지. 돈. 돈을 벌려면 일을 해야 되고, 일을 하려면 내가 잘하는 게 뭔지, 좋아하는 게 뭔지 알아야 되는 거고."

남자는 벙한 얼굴이었다. 앞에 앉은 여자가 정신 나간 걸 좋아해야 하는 건지 안타까워해야 하는 건지 쉽사리 판단이 서지 않는 듯했다. 그는 이미 바닥을 보이는 커피를 소리가 나도록 쪽쪽 빨아 마시더니 이내 컵을 들고 얼음을 와그작와그작 씹었다.

"많이 좋아진 거예요. 지난달까진 방에서 나오지도 않았어요. 회사에서 잘리고 스타트업 회사를 차렸는데 쫄딱 망하고 다시 부모님 집에 들어가고, 그러다 보니 다 싫어지더라고요. 심지어 제 방도 없어진 상태였거든요. 헬스장처럼 꾸며 놨더라고요. 어찌나 잘 꾸며 놨는지 그게 또 싫어서 잠만 잤어요. 자다 깨다 자다 깨다. 책도 싫고 영화도 싫고 게임도 싫고 아무런 의지가 안 생기더라고요. 먹는 것도 귀찮아서 진짜 못 견디겠다 싶을 때만 먹었어요. 부모님도 딱히 말씀이 없으셨어요. 그냥 없는 듯 사는 게 편했죠. 속이 터진다는 말이 간간이 들리긴 했는데, 저로선 더 이상 터질 속도 없었어요."

그는 잠시 말을 멈추고 바닥에 붙은 얼음까지 기어코 다 먹은 후에야 다시 이어 갔다.

"하루는 엄마 친구들이 올 예정이라 세 시간만 밖에서 놀다 오라고 하더군요. 피씨방을 가든 공원을 가든 목욕탕을 가든 어디든 갔다 오라고. 오만 원을 손에 쥐여 주셨죠. 일단 나오긴 했는데 갈 데가 없더라고요. 피씨방을 가기도 싫고 공원도 싫고 목욕탕도 싫었어요. 그래서 그냥 걸었어요. 고작 십 분 정도 걷는 사이에 세 명이 말을 걸었어요. 저도 그땐 안 믿을 때라 짜증만 났죠. 그러다가 누가 또 말을 걸었는데, 화부터 냈어요. 뒤늦게 얼굴을 보니 아는 형인 거예요. 괜히 오해했다 싶었죠. 미안하기도 하고 형이 또 반갑게 굴면서 시간 있으면 커피나 한 잔하자고 해서 잘됐다 싶었죠. 세 시간이나 때워야 하는데 딱히 할 일도 없고. 그날도 이 자리에 앉았어요. 뭐 하냐고 묻길래 솔직하게 대답했죠. 거짓말도 에너지가 있을 때나 하는 거잖아요. 망해서 집에 있다, 되는 일이 없어서 아무것도 하지 않으려 한다, 괜한 충고나 늘어놓으면 일어서려고 했더니 한심해하기는커녕 대단하다고 하더라고요. 인정할 수 있는 것도 어마어마한 거라고. 괜히 하는 말이 아니라 진심처럼 보였어요. 형은 어떻게 지내느냐고 물었더니 봉사활동을 하면서 지낸다고 하더군요. 타인의 얼굴에서 복을 찾고, 그 복이 힘을 발휘할 수 있도록 안내하는 것. 우린 봉사라고 하거든요. 솔직히 말하면 괜히 앉았나 싶었어요. 형도 눈치챘는지 걱정 말라며 그냥 반가워서 부른 거라고 얘기나 하자고 했어요. 그 순간 형의 태도가 너무 부러운 거예요. 여유 넘치고, 세상 모든 걸 이해하고, 그러고 보니 예전보다 얼굴도 훨씬 좋아 보이고. 그 형이 굉장한 염세주의자였거든요. 무슨 짓을 해도 안 되는 게 인생이라고 생각하는 사람이었어요. 술을 안 마셔도 술 취한 사람처럼 굴고 그랬던 사람이 몇 년 사이 더없이 온화한 사람이 된 거예요. 전요. 바라는 거 없어요. 그냥 그 얼굴이 좋더라고요. 저런 얼굴로 살수 있다면 괜찮겠다 싶었어요."

그 순간만큼은 그의 얼굴 역시 한없이 평화로웠다. 깜빡 넘어갈 뻔했지만 이내 정신을 차렸다.

"그렇게 말해도 안 따라가요. 돈도 없고."

"안 가셔도 돼요. 마음이 중요한 거거든요. 기도하면서 마음을 빼놓고 가면 무슨 소용 있겠어요. 돈은 부수적인 거예요."

"그쪽에선 그렇게 생각 안 할걸요?"

"아무래도 그렇겠죠?"

남자는 온화하게 웃었다.

그래도 제사는 지내지 않았다. 남자는 빵을 하나 더 먹었고, 일을 해야겠다며 먼저 일어섰다. 기대치 않은 감사 인사도 들었다.

"제가 정말 복이 많은 것 같아요. 첫날부터 용기를 주셔서 감사합니다. 그리고 정말 복이 많으세요. 꼭 믿으셔야 돼요."

뻔한 말이었지만 어쩐지 복이 많다고 믿어야 될 것 같았고, 오작가의 과제 역시 대수롭지 않게 느껴졌다. 내가 왜 글을 쓰는지 모르겠다는 게 문제지, 오작가가 그 이유 좀 알자고 하는 건 문제가 아니었다. 그러고는 영화처럼 노트북을 펴기 무섭게 글이 술술 나왔으면 좋았겠지만 의지와 달리 떠오르는 문장이 없었다. 구구절절 늘어놓는 건 오작가 타입이 아니다. 그랬다간 아무래도 또 실수한 것 같다는 말이나 들을 터였다. 결국 아무것도 쓰지 못한 채 한참을 앉아 있었다. 식은 아메리카노를 마시면서 창밖으로 남자가 쭈뼛거리며 지나가는 이들에게 말을 걸려다 실패하는 모습을 보았다. 간간이 눈이 마주칠 때마다 남자는 괜찮다는 듯 미소 지었다.

삼 일 내내 카페에 갔다. 노트북을 펼쳐 두고, 아무것도 쓰지 못한 채 멍하니 창밖을 살폈다. 그리고 여전히 성과를 올리지 못하는 남자를 지켜보았다. 그렇게 마지막 날 밤, 카페 마감 시간에 맞춰 겨우 한 줄을 썼다.

"그러니까 모욕을 당한 뒤에도 여기 서 있는 게 그 이유라는 거야?"

오작가는 기가 막히다는 듯 물었다.

그럼에도 불구하고 다시 쓰게 되니까, 라는 말이 그런 뜻이었나? 그런 것 같기도 하고 아닌 것 같기도 하다. 뭐, 꿈이 별건가. 방에 처박히지 않고, 다른 일에 뛰어들지 않고, 다시 여기 서 있으면 그게 꿈이고 일 아닌가. 이런 마음을 구구절절 늘어놓아도 괜찮을까 싶을 때, 오작가가 말했다.

"뭐 해? 가서 일 안 해?"

운수 좋은 날

하늘에 드리웠던 구름이 걷히는 날입니다. 이제껏 당신
을 괴롭혀 온 문제가 해결됩니다. 생각지도 못했던 이가
귀인이 되어 찾아옵니다. 모든 면에서 쉬이 찾아오지 않
을 좋은 날입니다. 부지런히 움직여 놓치지 마세요.

운세를 읽고 또 읽었다. 딱히 운세를 믿는 건 아니다.
그러니까 백 퍼센트 믿는 건 아니다. 찾아보긴 하지만 빗
나가도 실망하지 않는다. 어느 때는 틀리기만을 바라기
도 한다. 가령 가까운 사람에게 뼈아픈 배신을 당하게 될
것이라는 지난주의 운세처럼. 찜찜한 마음이 일주일 내
내 떠나지 않을 때도 있었지만 좋은 운세를 볼 때면 어김
없이 설렜다. 인터넷 운세라 할지라도 오늘처럼 좋기만 한
내용은 드물었다. 일생에 몇 번 오지 않는 행운이랄까.

운세까지 보고 나니 확실히 운명이라는 느낌이 들었다.

일주일 전, H갤러리 관장으로부터 전화를 받았다. 그
림이 마음에 든다며 전시회를 열자고 했다. 인스타그램을
통해 잘 보고 있으며, 여름에 어울리는 작품이라고 했다.
최대한 빨리 전시하고 싶으니 한두 작품이라도 먼저 보여

달라고 했다. 그렇게 잡은 약속이 바로 오늘이었다. 쉬이 찾아오지 않을 좋은 날과 갤러리 관장과의 약속이 겹칠 확률이 얼마나 될까. 어쩌면 오늘이야말로 인생이 바뀌는 날일지 모른다.

그림을 그리기 시작한 건 열아홉 살 때였다. 고3으로 올라가면서 피아노를 그만뒀다. 이유야 많았다. 무대에 오르는 것도 싫었고, 감정이 풍부한 척하는 것도 싫었다. 글렌 굴드라도 되는 것처럼 이상하게 구는 친구도 싫었다. 실수할 때마다 손바닥을 내리치는 선생님도 싫었고, 강습료에 애써 한숨을 감추는 엄마도 싫었다. 그 무렵 우연히 본 운세에서 올해야말로 인생을 바꿀 수 있는 기회라고 했다. 나는 그길로 피아노를 그만두겠다고 했다. 무려 십삼 년 동안 해 온 일이었다. 운명이었을까. 극한 반대에 부딪힐 거라는 예상과 달리 누구도 반대하지 않았다. 그동안 고생 많았다는 말뿐이었다. 그제야 나는 나에게 전혀 재능이 없음을, 진즉에 가망 없음 딱지가 붙여졌다는 것을 깨달았다.

피아노는 관뒀지만 평범한 삶은 싫었다. 그때의 나는 지루하게 살지 않기 위해선 예술을 해야만 한다고 믿었다. 예술이라는 단어를 생각했을 때 곧장 떠오른 게 그림이었다. 드디어 평범한 입시를 준비하겠거니 안심했던 부모님의 기대를 저버리고 미술학원에 등록했다. 욕망이 힘을 발휘한 건지 재능이 있었던 건지 일 년 만에 모두가 선

45

망하는 미대에 합격했다.

누군가는 비리가 있다고 했고, 누군가는 천재라 했으며, 누군가는 기적이라고 했다. 하지만 거기까지였다. 입학 후 나는 단 한 번도 주목받지 못했다. 그런 내가 작가로 살아가겠다고 했을 때 반쯤은 긴가민가했고, 반의반쯤은 취업이 하기 싫구나 했으며, 나머지 반의반쯤은 드디어 미쳤구나 했다.

5년 정도는 백수로 부모님께 기대어 살았고, 2년 정도는 책과 잡지 삽화 작업을 하며 지냈고, 인스타그램을 시작한 후로는 엽서니 가방이니 소소한 물건을 팔면서 삶을 이어 왔다. 죽을 것 같았지만 죽지 않았고, 도저히 못 견디겠다 싶으면서도 잘도 견뎠다. 종종 삶이 지긋지긋했고, 지긋지긋함을 느끼는 나 자신에게 연민을 느꼈다. 그러곤 그 연민이 다시 지긋지긋해져 평범한 삶을 흉내 내곤 했다. 아무것도 실패하지 않은 것처럼 버텼다. 그동안 연애도 하고, 결혼도 하고, 이혼 위기도 겪고, 별거도 했으며, 지금은 다시 데면데면 살고 있었다. 모든 것들이 끝날 듯 끝나지 않았고, 가느다란 생명력으로 이어져 왔다. 더 이상 기대조차 할 수 없을 때 큰 기회가 온 터였다. 물꼬를 틔우고 물길을 바꿀 기회였다. 기회에 대한 일말의 의심이 불쑥 고개를 든다고 해도 거절할 순 없었다.

나는 주로 수영장을 그렸다. 여름이 떠오른다는 그림은 겨울에 그린 그림이다. 여름엔 수영장을 가지 않는다.

복잡하고 시끄럽다. 반면 겨울의 수영장은 고요하고, 세상과 동떨어진 것처럼 처연한 분위기를 품고 있다. 나는 겨울의 수영장을 사랑했다. 그렇다고 군이 겨울의 수영장이라고 바로잡지는 않았다. 여름이 떠오른다 해서 기겁하며 제대로 볼 줄 모른다고 비난할 마음도 없다. 작가와 관객의 마음은 다를 수 있다. 똑같아야 한다고 누가 그랬는가. 무엇을 느끼든 무슨 상관이란 말인가. 그 누구든, 무엇을 보든, 그게 어떤 의미를 품고 있든, 결국 자신이 느끼고 싶은 것을 느끼기 마련이다. 평생 동안 그림을 보고 살아온 관장이라고 해도 마찬가지다.

친구가 베트남에서 사 온 원두를 정성스레 갈아 커피를 내려 마신 후 그림을 포장했다. 하나는 관장이 십 분이 넘도록 극찬한 그림이고, 하나는 전화를 받자마자 새로 그린 그림이다.

덕분에 초여름에 수영장을 가야 했다. 그럼에도 묘하게 겨울의 수영장 분위기가 돼 버렸지만 그 이질감이 마음에 들었다. 살짝 묻어나던 물감도 바싹 말랐다. 일말의 걱정마저 사라졌다. 김칫국 마시는 건 딱 질색이지만 머릿속에서 자꾸만 전시회 오프닝 장면이 그려졌다.

하얀 벽면에 가득 차 있는 그림, 감탄하는 사람들, 인파에 질색하면서도 남몰래 사진 찍는 젊은이들. 기사도 날 테고 운이 좋다면 해외 진출도 할 수 있을 것이다. 드디어 평범한 삶과 작별할 때였다.

옷장 앞에서 한참을 서성거리다가 거금을 들여 샀지만 도무지 입을 일이 없었던 원피스를 챙겨 입었다. 살짝 끼는 것 같기도 했고, 제법 잘 어울리는 것 같기도 했다. 그러다 문득 거울 속의 여자가 애써 꾸민 사람처럼 보인다는 생각이 들었다. 잠시 고민하다 갈아입기로 했다. 보이는 게 중요하지 않다는 건 예술 따위 관심 없는 사람들이나 하는 말이다. 예술의 세계에선 작품만큼이나 작가의 매력이 중요했다. 오직 매력적인 사람만이 매력적인 것을 내놓을 수 있다는 듯 작가를 판단했다. 안타깝게도 나에겐 사람을 끌어당기는 매력이 없다. 그렇기에 편견에 기대서라도 매력적으로 보여야만 했다. 청바지와 오버사이즈 블랙 실크 셔츠로 갈아입었다. 깔끔하면서도 자유분방해 보였다.

그림을 들고 나오는데 평소라면 짖고 난리가 났을 오키프까지 조용히 잠들어 있었다. 오키프는 길에서 구출된 개로 분리불안이 있었고, 내가 외출할 때마다 온갖 소란을 피우며 죄책감을 안겨 주곤 했다. 우주가 돕는다는 건 이런 것일까. 오키프를 조심스레 쓰다듬은 뒤 집을 나섰다.

뒷좌석 문을 열고 그림을 실었다. 남편의 차다. 평소 차 빌려주는 것을 죽기보다 싫어하는 남편이 웬일로 군말 없이 차 키를 내줬다. 무슨 일인지 답할 준비가 되어 있었지만 이상하게 묻지 않았다. 차라리 잘됐다. 계약하고 온 뒤에 말하면 더 극적일 터였다. 지난주 운세를 보고 난 뒤에는 남편이 입을 열 때마다 긴장했다. 이쯤에서 끝내자고 하는 것 아닐까. 여자가 있다고 하는 것 아닐까. 내가 모르는 빚이 있다고 하는 것 아닐까. 하지만 남편은 아무 말도 하지 않았고 별다른 기색조차 없었다.

남편과는 미술관에서 만났다.

올해의 작가상 전시였다. 그때 나는 떨떠름한 표정으로 보는 둥 마는 둥 전시장을 배회했다. 질투를 감추려고 노력하지도 않았다. 작가상은커녕 후보에도 들지 못하는 무명작가였음에도 내 것을 빼앗긴 것처럼 속이 뒤틀렸다. 모든 작품이 형편없어 보였다. 전시장에 걸리기만 하면 미술이라는 건가. 다들 뒤샹이라도 되는 줄 아나. 온갖 트집을 잡고 있을 때였다. "재미없죠?" 느닷없는 목소리에 고개를 돌리니 그가 서 있었다. 어떻게 대답했는지 또렷이 기억나지 않는다. 재미로 보는 게 아니라고 타박한 것 같기도 하고, 너무 재밌어서 짜증 난다고 했던 것 같기도 하다. 어느 쪽이든 나 역시 작가라는 것을 굳이 티 냈다. 그 무렵엔 끊임없이 내가 어떤 사람인지 설명하지 않으면 나라는 존재가 사라질 것만 같았다.

어쩌다 보니 함께 전시를 보고, 전시장을 나와 커피를 마시고, 밥을 먹고 와인 바까지 가게 되었다. 그날 밤 나는 그에게 내 그림을 보여 주었고, 사귀게 되었다. 그는 내 그림을 좋아했다. 종종 우리 사이가 나빠진 게 그림 탓일지도 모른다는 생각이 든다. 아직 빛나지 않은 그림이 아니라 여전히 빛나지 않는, 어쩌면 영원히 빛나지 않을 그림이라서. 그는 그림과 동시에 우리 관계 역시 포기한 것 아닐까.

갤러리에 가는 길에 카페에 들렀다. 자주 가는 카페로 계산대 옆에는 내가 그린 포스터가 붙어 있다. 늘 궁금했다. 그가 포스터를 붙여 둔 이유가 취향인지 의리인지. 그 생각이 머릿속을 훑고 지나갈 때면 어김없이 부끄러워졌고, 숨고 싶어졌다. 오늘만큼은 상관없었다. 그는 내 그림을 가장 먼저 걸어 둔 사람이 될 터였다. 누구도 알아보지 못했던 사람을 진즉에 발견한 사람, 평범한 주부가 아니라 예술계에 한 획을 그은 작가의 그림을 걸어 둔 사람이 될 터였다. 너무 거창한가?

한없이 뻗어 나가는 생각에 웃음이 나왔다. 전시회 한 번으로 스타가 되는 건 아니라는 걸 알면서도 상상을 멈출 수가 없었다.

"좋은 일 있으신가 봐요."

"날씨가 좋아서요."

나는 불쑥 튀어나오려는 진심을 애써 감췄다.

오늘 같은 운세에도 안심할 순 없다. 운세를 대하는 기본자세는 조심 또 조심이다. 나쁠 때만 조심하는 건 하나밖에 모르는 행동이다. 나쁜 일을 조심함으로써 피할 수 있듯이 좋은 일 역시 경거망동으로 사라질 수 있었다.

"이제 인희 씨 볼 날도 얼마 안 남았네요. 가게 닫게 됐어요."

"갑자기 왜……"

"감당 안 된 지 꽤 됐어요. 당분간 쉬려고요. 여행도 좀 다녀오고. 그 편이 마이너스가 덜하겠더라고요. 그동안 감사했어요. 며칠 안 남았지만 자주 오세요."

이상하게 말문이 막히는 바람에 형식적인 예의조차 차리지 못했다. 내 인생의 한 귀퉁이를 차지한 장소가 사라지는 게 이상했던 건지, 나의 시작 앞에서 타인의 끝을 바라보는 게 이상했던 건지 모르겠다. 나 역시 손님이 많지 않았기에 자주 찾았다는 사실이 마음에 걸렸을지도.

가게를 나오면서 벽에 걸린 포스터를 한 번 더 쳐다보았다. 어디로 가게 될까. 혹여나 버리는 건 아닐까. 어쨌거나 말하지 않길 잘했다. 애써 꾸려 온 삶을 저버려야 하는 사람에게 주책없이 자랑이나 할 뻔했다. 안도감과 동시에 그림을 꼭 가지고 있으라고 하고 싶은 마음과, 더는 내게 남아 있지 않은 포스터인 만큼 버릴 거면 돌려 달라고 하고 싶은 옹졸한 마음이 함께 찾아왔다. 복잡해진 마음 끝에는 이미 커피를 마셔 놓고 왜 굳이 카페에 들렀을까 하는 후회가 찾아들었다. 후회는 오래가지 않았다.

갤러리에 가는 사이 옛 친구에게서 메시지가 왔다. 인터넷에서 찾았다며 만나자고 했다. 심지어 여전히 그림이 좋다는 말과 함께. 곧 오픈할 카페에 걸고 싶다고 했다. 묘한 일이었다. 다른 날이었다면 씁쓸함에 술을 찾았겠지만 오늘만큼은 세상사 다 그런 거지, 지는 곳이 있으면 피는 곳도 있는 거지, 하고 무던히 받아들일 수 있었다. 그렇게 하나하나 모든 것에 의미를 부여하며 하루를 보내고 있었다. 떨어지는 잎 하나에도 적절한 의미를 찾을 수 있을 터였다. 병적이기까지 한 이 행위는 긍정에 가득 차 있어야 할 때만 나오는 버릇이었다. 일종의 의식이자 주문이었고, 찬가였다. 드디어 모든 게 제대로 돌아가고 있다는 증거였다. 동시에 불안을 없애려는 처절한 시도이기도 했다.

나에게는 운수 좋은 날의 트라우마가 있다. 특별한 사건이 있었던 건 아니다. 학창 시절 읽어야만 했던 소설은 앞으로 살아갈 세상에 대한 예언처럼 들렸다. 좋은 일이 반복될 때 의심하고 또 의심해라. 마지막 순간 가장 소중한 것을 잃게 될 거라는 경고일 수도 있으니까.

계약이 성사되면 이혼 통보를 받게 되는 건 아닐까, 돌아가면 아픈 오키프를 발견하게 되는 건 아닐까. 하나를 얻으면 하나를 잃는 게 삶의 균형이라면 나는 무엇을 잃게 될까. 거기까지 생각이 이르자 전시를 포기해야 하는 건 아닐까, 의구심이 들었다. 그림이 팔린다는 보장도 없고, 좋은 평을 받는다는 보장도 없으며, 관장이 소문에 별로였던 것 같기도 하다. 더 늦기 전에 돌아서야 할 것 같았다. 하지만 도로는 일방통행이었고, 일단 골목에 들어섰으니 끝까지 가는 수밖에 없었다.

계속해서 그림을 그리긴 했지만 어느새 기대는 사라지고 절망밖에 남지 않았다. 예술적인 삶에 대한 갈망은 재능의 부재를 증명했다. 세상에 존재하는 것만으로 만족할 수 없는 일들이 있다는 것, 어쩌면 내가 원한 건 그림이 아닌 명성이었을지도 모른다는 생각, 그림이 내 인생을 망쳐 버렸다는 원망으로 가득 했다. 그렇기에 전시회 제안이 착실하게 쌓아 온 과정에 대한 보상이 아닌 내 안의 무언가를 시험하는 행운처럼 느껴졌다. 덜컥 잡았다가 후회하는 것 아닐까. 나만 모르고 모두가 알고 있는 비극 속으로 달려가고 있는 건 아닐까. 설사 그렇다고 하더라도 내가 할 수 있는 일이 뭐가 있을까.

모든 것을 망쳐 버렸다고 할지라도 가 보지 않고선 견딜 수 없는 일이었다.

갤러리에 도착한 순간 관장이 아닌 큐레이터가 문을 열고 나오는 모습에 미친 듯이 가슴이 뛰기 시작했다. 마음이 변한 걸까. 숨을 들이마시기 위해 고개를 들었을 때 손을 흔드는 관장의 모습이 보였다. 어느 쪽이든 달라질 터였다. 그 순간 운세 따윈 하나도 중요하지 않았다.

리얼리티 쇼

"주목받는 게 저한테 쉬운 일은 아니라서요."

"거짓말이 특기지만요."

미셸은 TV를 보며 빈정거렸다.

주목받는 게 쉽지 않다는 하영은 관종 중의 관종이다. 그렇지 않고서야 드라마 작가가 토크쇼에 뭣 하러 나오겠는가.

그는 늘 우주의 중심에 서 있었다. 자신에게 벌어지는 모든 일에 이유가 있다고 믿었고, 일이 풀리지 않을 때면 신이 각별히 저주를 내리고 있다고 여겼다. 언젠가는 세상도 자신의 특별함을 알아줄 거라 믿었다. 그렇게 자신의 모든 말과 행동이 주목받을 날을 기다리고 또 기다렸다. 그 허무맹랑한 믿음이 현실이 될 줄이야.

미셸은 채널을 돌렸다. 볼 게 없어도 너무 없었다. 99번까지 올라갔다가 다시 하영이 나오는 17번으로 돌아왔다. 그가 두고 간 늘어난 티셔츠에 잠옷 바지를 입고 머리를 질끈 묶은 채 전남친의 성공담을 듣고 있자니, 최악도 이런 최악이 없었다. 차라리 전남친 결혼식을 가고 말지. 적어도 간담은 서늘하게 해 줄 텐데.

"씨발."

미셸은 나지막이 읊조렸다.

처음 배운 한국말은 욕이었다. 씨발, 좆까, 개새끼, 엿
먹어 등등. 흔한 일이다. 어딜 가나 외국어를 배울 때면
욕부터 배우게 되니까. 그런 미셸에게 하영은 욕의 어원
을 설명하며 해서는 안 되는 말이라고 했다. 욕이 해도 되
는 말이라서 하는 사람이 있나 싶었지만 미셸은 고개를
끄덕였다. 딱히 틀린 말도 아니었으니까. 그럼에도 툭툭
튀어나오는 욕을 막기란 쉽지 않았다. 더욱이 이제는 상
관없는 일이었다.

한국에 온 건 배우가 되기 위해서였다. 이름도 미셸이
고 국적도 미국이었지만 진정한 미국인이 될 순 없었다.
아시아계 아메리칸. 무슨 짓을 해도 라벨은 떨어지지 않
았다. 미셸은 어느 쪽에도 속하지 못했다. 할리우드에서
도 마찬가지였다. 딱히 동양적으로 생기지 않은, 그러니
까 짙은 쌍꺼풀에 오뚝한 코, 예쁘장하지만 개성은 없는
미셸을 기억하는 이들은 많지 않았다. 물론 외모 때문만
은 아니었을 거다. 한국에 와서도 배우가 될 순 없었으니
까. 재연 프로그램에도 출연하고 가끔은 모델로 활동하
기도 했지만 그 이상 연결되진 않았다. 지금은 영어 강사
로 일했고, 만족스럽다고 할 순 없었지만 원룸을 벗어나
거실과 방이 분리된 오피스텔로 옮겼다. 그것만으로도 나
쁘지 않았다. 조금 전까진.

하영은 배우를 꿈꿀 때 만났다. 배우 지망생과 드라마 작가 지망생은 언젠가 지망생 딱지를 떼고 연예계를 뒤흔들 커플이 될 거라 믿었다. 영어 강사와 드라마 작가가 된 지금은 다시 보지 않을 원수가 되어 있었다. 그는 반전에 목매는 작가답게 미셸의 뒤통수를 세게 때렸다.

"연애를 잘하진 못해요. 드라마는 예측 가능하잖아요. 상대방이 어떻게 나올지, 어떻게 전개될지, 마음이 어떤지 객관적으로 짚어 볼 수 있지만 실제로는 그게 안 되니까요. 컴퓨터 앞에 있는 게 편해요. 경험이라기보다는 바람대로 쓴 거라 많이들 좋아해 주시는 것 같아요. 말 그대로 드라마예요. 상상이죠."

그가 상상했다는 드라마, 한 방에 토크쇼까지 출연하게 만든 그 드라마는 바버라와 일레인의 이야기다. 바버라는 미셸의 엄마고, 일레인은 미셸의 아빠다. 드라마는 두 사람이 결혼하기 전까지를 다룬다. 일곱 살 때부터 친구였던 두 사람은 서로를 좋아했다 단념하는 엇갈림을 반복하며 이십 년을 보내다 끝내 마음을 확인하고, 사랑에 빠진다. 평범하면서도 흔치 않은 사랑이었다. 두 사람은 결혼한 지 이 년이 지난 후에야 불임이라는 것을 알게 되고 미셸을 입양한다. 오 년이 지나 일레인이 사라지고, 그로부터 이 년 후 바버라마저 사라진다. 다시 일 년 후 바버라가 나타나고 반년이 더 지난 후 일레인이 나타나는, 두 사람이 철새처럼 오고 가길 반복하는 동안 세월이 가고, 결국 미셸이 떠났다는 뒷부분은 과감히 생략되었다. 하영은 미셸의 인생에서 유일하게 낭만적인 이야기를 훔쳤다.

하영은 끝까지 대본을 보여 주지 않았다. 그냥 시시한 사랑 이야기라고 했다. 어차피 방영되지 않을 테니 안 보는 게 낫다고 했다. 드라마 제작사에 다니는 선배가 대본을 읽고 입봉작을 미니시리즈로 가져가는 파격을 안겨 주며 계약서를 전했을 때도 그는 말하지 않았다. 촬영에 들어갔을 때에도 줄거리를 숨겼고, 방영 날짜가 잡히자 이별을 통보했다. 아무래도 우린 너무 안 맞는 것 같다며. 어디가 어떻게 맞지 않는지는 설명하지 않은 채, 꿈을 응원하겠다고 했다. 언젠가 좋은 배우가 될 수 있을 거라고, 희망을 버리지 말라는 씨도 안 먹힐 개소리를 했다.

술을 가지러 일어나는 순간, 지금부터 실시간 채팅을 하겠다는 호스트의 말이 들렸다. 미셸은 곧장 스마트폰을 들었다.

접속은 수월했다. 고작 백이십 명 남짓했다. 그러거나 말거나 잘생겼다느니, 스타일이 좋다느니, 웃는 게 매력적이라느니 온갖 칭찬이 쏟아졌다.

미셸은 호흡을 가다듬은 뒤 한 글자 한 글자 정성 들여 써 나갔다. 그는 매번 맞춤법을 지적했다. 미셸에게 한국어는 외국어에 불과했는데, 어쩌다 실수라도 하면 어떻게 그것도 모르냐며 한심하다는 표정을 짓곤 했다.

"우리 엄마 아빠 이야기 잘 봤다. 고맙다, 씨발놈아."

호스트는 깔깔 웃으며 미셸의 메시지를 읽었다. 또랑 또랑한 목소리로 읽히는 문장은 한없이 낯설게 느껴졌다. 심의상 당연히 무시할 거란 예상과 달리, 호스트는 발음을 바꿔 가면서까지 두 번이나 반복해서 읽었다. 기어코 읽고 말겠다는 듯. 하영이 싫은 걸까, 아니면 하영이 쓰레기라는 걸 눈치챈 걸까. 그것도 아니라면 단순히 방송의 재미를 위해서일까.

순간 하영의 얼굴엔 당혹감이 스쳤지만 곧 차분해졌다.

"많이 듣는 말이에요. 왜 내 이야기를 썼냐고. 지난주에는 집주인 아저씨가 어떻게 알았느냐고 물으시더라고요."

미셸은 기가 막혔다.

"여전히 거짓말에 능숙하네. 대단하십니다. 브라보."

이번에도 호스트는 미셸의 메시지를 읽었다. 통쾌해야 마땅하건만 어쩐지 당황스러웠다.

하영이 방송에 나오기 전까지만 해도 미셸은 그 일에 관해 눈곱만큼도 신경 쓰지 않았다. 오히려 그 때문에 이별을 고했다는 게 어이없었다. 바버라와 일레인의 이야기를 써도 되냐고 물었다면 흔쾌히 허락했을 터였다. 그의 말처럼 시시하기 짝이 없는 그들의 이야기를 남기려고 한다는 것에 감동했을지도 모른다. 하지만 하영은 철저히 비밀에 부쳤고, 그 비밀을 감당하지 못해 이별을 고했다. 붙잡는 미셸에게 자신이 무슨 짓을 했는지 알게 되면 정이 떨어질 거라고 매정하게 말했다. 다음 날 그는 번호까지 바꿨다. 예언인지 저주인지 알 수 없는 그의 말은 결국 미셸이 그를 싫어하도록, 끔찍하게 여기도록 만들었다.

하영은 웃고 있었지만 입가가 딱딱하게 굳어 갔다. 거짓말에 있어서 그는 애송이가 아니다. 땀을 흘리거나 말을 더듬거나 눈을 깜빡이거나 다리를 떠는 볼썽사나운 짓 따윈 하지 않았다.

그렇다고 습관이 전혀 없는 건 아니었다.

"작가만큼 거짓말에 능숙한 사람은 없죠."

그는 가볍게 어깨를 들썩였다.

그 모습을 보는 순간 미셸은 그가 미셸을 떠올리고 있다는 사실을 알았다. 거짓말을 할 때면 그는 태연한 척 어깨를 들썩이곤 했다. 어느 영화에서 보았다는 배우의 제스처가 더없이 여유로워 보였다나.

그는 미셸이 미국에서 살았다는 점을 특히 부러워했다. 틈만 나면 미국에선 어떻게 해? 뭐라고 해? 묻곤 했고, 숙취를 피자로 해장한다는 별것 아닌 이야기에도 감탄했다. 인종차별마저도 낭만적으로 받아들이는 듯했다. 자신이 경험했더라면 더 대단한 이야기를 쓸 수 있었을 거라는 듯 동경의 눈으로 바라보곤 했다. 어느 때는 마치 미셸이 그의 행복을 빼앗기라도 한 것처럼 질투하기도 했다. 그의 드라마를 보면서, 설마 그가 빼앗긴 행복을 찾아왔을 뿐이라 여긴 건 아닐까 궁금했다. 바꿔 버린 번호에

물을 기회조차 없었지만.

"재밌는데요. 이분에게 전화 연결 한번 해 볼까요?"

"재밌겠네요."

하영은 곧장 대답했지만 그뿐이었다. 그의 어깨는 다시 움직이지 않았고, 애써 웃지도 않았다. 그 순간 미셸은 그를 용서할 때가 되었다는 생각이 들었다. 이제 정말 그는 주목받는 게 어려워질 터였다.

미셸은 미처 못 마신 술을 가져오기 위해 소파에서 일어났다.

전화벨이 울리기 시작했지만 확인하지 않았다. 굳이 받을 필요가 없는 전화였다.

망생의 밤

지난 일요일, 열두 시가 되는 순간 엄마의 전화를 받았다. 여전히 침대를 벗어나지 못한 터라 몇 번이고 목을 가다듬었다.

"아무리 일요일이라지만 너무한 거 아니니?"

너무하긴 뭐가 너무하냐. 백수에겐 주말도 없는 거냐. 어제는 밤 10시까지 아르바이트를 했다. 아르바이트는 일로 쳐주지도 않는 거냐. 할 말은 많았지만 따져 봐야 남는 게 없다는 것 정도는 경험으로 알고 있었다. 가만히 있는 게 최선이다. 보통은 잔소리가 한바탕 쏟아지고 나면 집에 한번 들르라는 말과 함께 통화가 끝났지만 그날은 달랐다.

"할 만큼 하지 않았어?"

할 만큼 했다는 건 어떤 걸까.

화가 나진 않았다. 한편으로는 기다리기도 했다. 스스로 포기할 수 없으니 누군가 포기시켜 주길, 퇴로 앞에서 우물쭈물하고 있을 때 도망치라며 밀어 주길, 이제는 인생을 담보로 한 모험은 관두고 안정 궤도로 들어서라는 말을 해 주길 바랐다. 재능이 부족했건 노력이 부족했건 세상이 알아주지 않았건, 할 만큼 했으니 백기를 드는 게 현명한 일처럼 느껴지기도 했다. 그럼에도 아무런 대답도 하지 못한 채 전화를 끊었다. 그렇게 할 만큼 한 나는 아무것도 하지 않는 하루를 보냈다.

무슨 짓을 해도 풀리지 않는 인생처럼 무슨 짓을 해도 잠이 오지 않는 밤이었다. 따뜻한 물로 샤워를 하고, 따뜻한 차를 마시고, 펼치기만 해도 잠이 든다는 책도 읽어 보고, 명상까지 했지만 잠이 오지 않았다. 그러니 어쩌겠나. 포기하고 폰이나 집어 드는 수밖에. 요즘 인기 있다는 유튜브를 연달아 보고, 하염없이 인스타를 돌아다녔다. 다양성이 시대의 화두인 만큼 제아무리 팍팍한 세계에서도 내 자리 하나쯤은 있을 줄 알았는데, 잘난 사람들을 보고 있자니 '만석입니다' 경고등을 마주한 기분이었다. 그때였다.

다가오는 월요일 밤 7시, '지망생의 밤'이 개최됩니다.
여전히 꿈을 꾸고 있는 우리가
그럼에도 불구하고 꿈꾸는 당신을 기다립니다.

처음 보는 서점에서 올린 게시물이었다.

참가비 만 원에 밴드 공연과 다과를 즐길 수 있었다. 아이돌 지망생부터 공무원 지망생까지 지망생이라면 누구나 참가할 수 있었다.

평소라면 별게 다 있다며 넘겼을 터였다. 밤이 깊었기 때문인지, 하루 종일 맴돌던 엄마의 말 때문인지, 온갖 상념에도 털어놓을 사람 하나 없기 때문인지 홀린 듯이 신청했다. 참가비를 입금한 지 오 분이 지나기도 전에 환영한다는 답장을 받았다. 비로소 할 일을 했다는 듯 그제야 잠들었다.

"완전 구려."

"왜?"

"왜긴 왜야, 칙칙하잖아. 패배자들끼리 신세 한탄하는 것도 아니고."

은혜는 컵 밖으로 튀어나온 생크림을 손으로 닦아 낸 뒤 행주로 쓱쓱 닦았다. 평소라면 제발 위생관념 좀 챙기고 살자고 했을 테지만 '패배자'라는 단어가 거슬렸다.

"심하다. 아직 안 됐다는 게 영원히 안 된다는 말은 아니잖아."

"그럼 뭐가 달라? 아직 안 된 사람끼리 으쌰으쌰 하면 신나?"

"밴드 공연도 한대."

은혜는 쟁반 위에 비엔나커피를 내려놓은 뒤 벨을 울렸다. 손님이 오든 말든 내 쪽으로 고개를 돌리며 말했다.

"설마 신청했어?"

"설마."

순간 거짓말이 나왔다.

남들이 뭐라 하건 제멋대로 밀어붙이던 모습은 온데 간데없이 사라진 지 오래다. 기나긴 지망생 생활은 없던 눈치도 생기게 만들었고, 어떻게 보일지부터 따지게 되었다. 카페 알바도 그렇게 시작했다. 우아하게 커피를 내리기는커녕 하루 종일 설거지를 하며 주부습진을 걱정하고, 주휴수당은커녕 겨우 최저시급을 받으면서도 옷차림에 신경 썼다. 중요한 것이 무엇인지 알면서도 중요한 것부터 챙길 수 없는 게 지망생, 은혜가 말한 패배자의 삶이었다.

오 년 전이었다.

한 편의 시가 내 삶을 구원하리라 믿었다.

요즘 세상에 시가 무슨 의미가 있느냐는 말도, 시집으로는 돈을 못 번다는 말도 무시했다. 그 무렵 한 시인이 팬덤을 생성하며 시집은 물론이거니와 에세이까지 베스트셀러로 만들었다. 가사도 쓰기 시작하더니 라디오를 넘어 TV까지 진출했다. 바로 그 길이 내가 갈 길이었다. 물론 나는 시가 가장 중요하다고 할 것이다. 모든 건 시로부터 시작되었고, 시를 통해 보는 세상은 완전히 다른 차원이라고, 누구도 궁금해하지 않는 답을 준비해 두었다. 내시를 세상이 알아주지 않을 수도 있다는 건 생각도 못 했다. 누가 봐도 멍청한 짓이었지만 어쩐지 그 멍청함이 내게만 눈부신 세상을 열어 줄 것 같았다. 근거 없는 믿음

은 퇴로를 차단했다. 가끔씩 오는 기회마저도 시를 쓴다
는 핑계로 외면했다. 그렇게 더는 기회가 오지 않는 삶에
당도했다. 가까스로 카페 일을 하게 되었지만 아르바이트
는 아르바이트일 뿐이었다. 내일에 대한 보장이 없는 오
늘은 한없이 위태롭기만 했다.

"행여나 갈 생각 하지 마."

"왜?"

"우울한 사람들끼리 있으면 더 우울해져."

"재밌을 수도 있지."

"처음 몇 분은 그럴 수도 있겠지. 공감대도 형성될 테
고. 위로받을 것 같겠지만 결국 허탈해질걸? 안되는 사람
들끼리 모여서 세상이 제대로 굴러가는 것처럼 보이겠어?"

틀린 말은 아니었다.

그렇지만 나는 가야 했다. 참가비는 환불이 되지 않
는다. 후회를 받아 주기엔 빡빡하고, 충동을 막기엔 편리
한 세상이다. 지망생의 세계라고 다르지 않았다. 돈을 지
불했다면 구린 경험이라도 하는 게 낫지 않겠나. 찌질한
합리화였지만 그 찌질함은 이룰 수 없는 꿈에 부록처럼
따라오는 것이었다. 만 원쯤이야 날려도 그만이라기엔 내
주머니는 너무도 초라했다. 같은 아르바이트생이었지만
카페 사장의 꿈에 차곡차곡 다가가는 은혜와는 처지가
달랐다. 응원은 고사하고 이해조차 받지 못한다 해도 어
쩔 수 없었다.

좁은 골목을 굽이굽이 돌아서야 겨우 서점을 찾았다.

사람이 찾아올 수 있을까 싶을 정도로 구석진 곳이었는데, 예상과 달리 서점 앞에는 사람들이 바글바글했다. 서점 안에 있어야 할 책들은 골목으로 밀려난 상태였다. 들어가고 싶은 마음과 돌아가고 싶은 마음이 교차했다. 그 순간 책을 슬쩍 가방에 넣는 손이 눈에 들어왔다. 어딜 가나 또라이가 있군. 대체 어떻게 생긴 놈인가 싶어 얼굴을 보는 순간 익숙함에 경악했다. 어이가 없어 멈칫한 사이 그가 고개를 들었다.

그는 나를 보자마자 활짝 웃었다.

"오랜만이다. 잘 지냈어?"

어느새 내 앞으로 다가온 그는 오랜 친구를 만난 것처럼 반갑게 인사했다. 일말의 수치심조차 없는 놈. 문득 서점 안에 있는 사람들의 시선이 우리에게 닿았고, 나는 공범이라도 된 것처럼 얼굴이 화끈거렸다.

하필이면 왜 여기서.

내가 여전히 지망생인 것처럼 그 역시 아직 지망생일 수 있다는 생각은 전혀 못 했다.

"어떻게 여기서 다 보냐."

"어떻게 다 보긴, 너나 나나 여전히 가련하고 멍청한 신세라는 거지."

비아냥에도 그는 아랑곳하지 않았다.

"여전히 재밌네. 어떻게 사는지 궁금했는데, 넌 나 안 궁금했어?"

"그렇게 살고 싶니?"

그의 가방을 가리키자 그는 해맑게 웃었다.

"재밌잖아. 미드에서 보니까 이러다 사랑에 빠지기도 하던데."

길게 대화해 봤자 내 속만 터질 터였다.

호기심으로 반짝반짝 빛나는 눈을 보고 있으니 강준호가 어떤 놈이었는지 떠올랐다. 그는 세상을 놀이터에 처음 나온 아이처럼 대했다. 넘어질 수도 다칠 수도 있다는 건 생각도 하지 못한 채 보이는 것, 남들이 하는 건 한 번씩 다 해 봐야만 직성이 풀렸다. 사리 분별이 뭔지도 모르는 놈이었다. 전남친이 스타가 되는 것도 짜증 나지만 도둑놈이 되었다는 것도 짜증 나긴 마찬가지다.

강준호는 한국 최고의 밴드가 될 거라 했다. 공모전에서 떨어질 때마다 세상 무너진 듯 히스테리를 부리는 나와 달리 실패한 오디션에도 멋진 경험이었다며 좋아했다. 그의 긍정을 견딜 수가 없었다. 누군가 웃으면 누군가는 울어야 하는 게 세상의 균형인 듯 그의 웃음을 볼 때마다 나는 점점 더 괴로워졌다. 헤어진 후에야 알았다. 그의 긍정이 꿈을 이루게 할까 봐 두려웠다는 것을. 신인 밴드라는 말을 들을 때마다 초조한 마음으로 이름을 확인하며 라이벌도 아닌 그를 질투했다는 것을. 나 혼자 어둠 속에 남겨질까 봐 초조해한 찌질이라는 것을. 사귀는 동안에도 헤어진 후에도 그는 나를 한없이 작게 만들었다. 그가 여전히 세상 눈치 따위 보지 않는다는 것을 확인하자 기분이 더러워졌다. 그렇게 행사가 시작되기도 전에 나는 좀 더 우울해졌다.

나는 그를 내버려 둔 채 서점 안으로 들어섰다.

서점 안은 사람들로 가득했음에도 묘한 침묵에 잠겨 있었다. 사람들은 좁은 공간에서 거리를 유지하며 두리번거리거나 조심스레 대화를 나눴다. 천천히 주위를 둘러보았다. 모자를 눌러쓰고 추리닝을 입은 사람부터 철 지난 정장을 차려입고 온 사람까지, 그야말로 각양각색이었다.

몇 분 지나지 않아 주인이 다가왔다. 커트 머리에 줄무늬 티셔츠와 청바지를 입은 여자였다. 특별히 꾸민 것처럼 보이지도 않았는데 온몸으로 '난 매력적인 사람이에요' 기운을 뿜는 사람. 기어코 아이라인을 그리고 가장 좋은 옷을 입고 구두까지 챙겨 신고 온 내가 초라하게 느껴졌다. 새삼스러운 일은 아니다. 언제부턴가 지나가는 모든 사람들과 나를 비교하면서 괴로워하곤 했으니까. 종종 누군가를 따라 해 보기도 했지만 그럴 때마다 더 초라하게 느껴질 뿐이었다. 활짝 웃는 그녀 앞에서 괜히 왔다는 후회가 다시 한번 밀려들었다.

짧은 인사를 나눈 뒤, 그녀가 팔찌를 채워 주었다.

핑크색 바탕에 파란 글씨로 BE YOURSELF라고 적혀 있었다. 팔찌를 뚫어져라 보자 그녀가 말했다.

"꾸며 내기 바쁜 신분이잖아요."

부끄러운 마음과 특별히 나만 이상한 게 아니라는 위안이 함께 찾아왔다.

"위로 구절은 적어 오셨어요?"

그제야 '나를 버틸 수 있게 해 준 구절'을 준비해야 한다는 공지가 떠올랐다. 세상 상투적인 말이 수많은 비웃음에도 살아남는 건 지망생들 때문일 거다. 나 역시 문장을 수집할 때가 있었다. 비결을 몰라서 인생이 풀리지 않는다는 듯, 성공한 이들의 말이 내 인생을 올바로 이끌어 줄 것처럼 찾고 또 찾았다. 하지만 그럴싸한 문장을 쓰고 또 써도 꿈쩍하지 않는 삶에 배신감마저 느껴졌고, 그럼에도 불구하고 마음이 일렁이는 문장을 내뱉는 사람들이 있다는 것에 화가 나 그만둔 일이었다.

"급하게 신청하느라 깜박했어요."

"지금 써 주셔도 되는데, 종이 드릴까요?"

그럴 필요가 없다는 말을 하기도 전에 그녀는 엽서 한 장을 내밀었다. 건네받은 엽서 역시 지망생의 밤을 위한 것으로 팔찌와 동일한 디자인이었다. 대단하다 싶으면서도, 이렇게까지 해야 하나 시큰둥한 마음이 들었다.

"지망생의 밤은 오늘만 하는 건가요?"

"저야 계속 하고 싶죠. 즐거운 밤 되길 바랄게요."

엽서 작성 후 준비된 바구니에 넣으면 된다는 말과 함께 그녀는 다음 사람에게 향했다.

딱히 생각나는 문구가 없었다. 노트를 가득 메운 문장들은 머릿속에서 사라진 지 오래였다. 팔찌와 엽서를 번갈아 가며 쳐다보았다.

"웃기지 않아요?"

느닷없는 목소리에 고개를 드니 똥머리를 하고 목이 늘어난 티셔츠와 추리닝 바지를 입은 여자가 서 있었다.

"지망생은 사람도 아니라는 거야 뭐야. 일 없고 꿈 못 이루면 내가 아닌 건가."

고개를 끄덕이려다 관두었다. 같은 처지라는 이유로 처음 본 사람의 짜증을 받아 주고 싶진 않았다. 예의라는 게 없나? 어쩐지 은혜의 말이 점점 맞아 들어가는 듯했다. 그냥 가 주길 바랐지만 여자는 내 앞을 떠날 생각이 없어 보였다. 어쩔 수 없이 나도 입을 열어야 했다.

"틀린 말도 아니죠. 나를 부정하고 싶을 때가 한두 번이 아니잖아요."

그렇게 말하고 나니 갑자기 울컥해 덧붙였다.

"내가 아닌 것처럼 군 적 없으세요? 저 사람처럼 해 보면 될까 싶어서 따라 한 적은요? 엉망진창 꼬였는데 그렇다고 나답게 하는 건 자신 없어서 어쩔 줄 몰랐던 적 없어요?"

나 역시 우습게 생각한 것을 변호하는 꼴이라니. 사이비 신도라도 된 기분이었다. 이상하게 볼 법도 한데, 여자는 대화를 이어 갔다.

"그러니까요. 우리의 진짜 문제는 무슨 짓을 해도 나 자신이라는 데 있다는 거죠. 나 자신이 될 게 아니라 나한테서 벗어나야 이 짓도 끝나지 않겠어요?"

그녀는 곧장 덧붙였다.

"제가 좀 자격지심이 있어요."

별것 아니라는 듯한 말투에 머쓱해졌다. 괜히 공격적으로 군 덕분에 민망했는데, 그녀는 자리를 뜰 생각이 전혀 없는 듯했다. 오히려 이제야 제대로 된 대화 상대를 만났다는 듯 내 쪽으로 몸을 완전히 틀었다.

"무슨 지망생이세요? 전 아나운서요. 몇 급 시험 보냐는 말만 주구장창 들었네요. 편견 참 지독해요."

움찔했다. 나 역시 그녀가 고시원에 처박혀 있는 장수생일 거라 생각했다. 그녀를 오해하지 않았더라면 지망생이 아니라 그냥 한번 와 봤다는 빤히 보이는 거짓말을 했을 거다. 언제부턴가 시를 쓴다는 말, 아니 시를 좋아한다는 말도 쉽게 할 수 없었다. 하지만 편견의 대가라도 치르듯 나는 솔직하게 내뱉었다.

"시인이요."

"시를 쓰면 시인 아닌가? 시인도 직업이 되나?"

공격성이라고는 전혀 느껴지지 않는 말투였지만 마음이 상하는 건 어쩔 수 없었다. 직업인으로 인정도 못 받는 일에 나는 왜 매달리고 있는 건지, 위안을 받겠다고 온 곳에서 씁쓸한 현실만 확인한 기분이었다.

"등단? 신춘문예? 뭐 그런 게 돼야 하는 건가요?"

"그렇죠, 뭐."

"기분 나빴으면 미안해요. 제가 좀 직설적이에요."

"시인을 직업으로 생각하는 사람이 몇이나 되겠어요."

"여기 있는 사람들 우리만큼 비관적일까요? 우리만 이런 걸까요?"

"비관적이라기보다는 염세적이죠."

"역시 시인이라 그런지 다르네요. 준비한 지는 얼마나 되셨어요?"

"오 년이요."

"저랑 같네요. 믿기세요? 오 년이라니. 기름으로 뒤덮인 바다도 이 년 만에 깨끗해지는데, 작디작은 내 인생은 하나도 안 바뀌었다는 게."

내 생각도 별반 다르지 않았다. 요즘 시대엔 강산이 변하는 데 십 년은커녕 오 년도 필요하지 않을 거다. 맞장구를 쳐야 마땅했지만 이상하게 남의 입으로 내 생각을 듣는 게 썩 유쾌하지 않았다. 그녀는 그 생각에 쐐기를 박았다.

"아, 아무것도 변하지 않은 건 아니지. 나이를 먹었지. 그 덕에 경쟁력도 완전 상실하고. 그래도 시인은 나이 먹어도 할 수 있잖아요."

꼭 그렇지도 않다. 공모에 떨어지면 떨어질수록 능력이 없다는 딱지가 하나씩 붙는 거였으니까. 오직 나이의 문제만은 아니었다. 하지만 굳이 정정하며 논쟁을 벌이고 싶진 않았다.

"요즘엔 아나운서도 나이제한 없지 않나요?"

"왜 없어요. 대놓고 말을 안 할 뿐이지. 아이돌 판만 어려지는 게 아니에요. 얼마 전엔 졸업도 안 한 애가 아나운서 됐잖아요. 서른셋 미혼이 신입으로 카메라 앞에 서겠다고 하는 건 자살행위나 다름없어요. 어떤 핸디캡은 흥행 도구가 되기도 하지만, 누구나 다 먹는 나이 같은 건 영원히 핸디캡으로만 남아요. 삐딱하긴 하지만 이 마당에 안 삐딱한 게 더 이상하죠."

그녀의 맑은 목소리와 정확한 발음은 서점 안의 시선을 하나둘 끌어당겼다.

"제가 방송국 사장이면 뽑을 것 같네요. 목소리가 너무 좋으세요."

그녀는 호탕하게 웃었다.

"그 말 때문에 지옥에서 살고 있죠."

따라 웃을 수밖에 없었다. 재능이 있다는 말만큼 스스로를 옭아매는 건 없으니까. 오 년 전 그녀는 공중파 방송국 3사의 최종까지 전부 올라갔다고 한다. 최종 3인 중 1인이 된다는 건 한 끗 차이에 불과했기에 떨어졌어도 크게 신경 쓰지 않았다고 한다. 되레 어마어마한 성과처럼 느껴졌다고. 그다음 해엔 당연히 합격할 줄 알았는데 2사 최종에 올랐다가 떨어졌고, 그다음 해엔 1사만, 그다음 해엔 어디에도 최종에 들지 못했다.

"날지 못해도 추락을 하더라고요."

그녀는 빠른 속도로 지난 오 년을 회고한 후 담배나 한 대 피워야겠다는 말을 남기고 서점을 빠져나갔다. 그녀의 뒷모습을 지켜보다가 서점 밖을 살폈다. 강준호는 보이지 않았다. 서점 안에도 없었다. 지나가다가 책 한번 훔쳐 보겠다고 서성댄 것이었을까. 다행이다 싶으면서도 어쩐지 내 처지만 들켜 버린 것 같아 찝찝했다.

그 후에도 배우 지망생, 경찰 지망생, 바리스타 지망생, 간호사 지망생이 차례로 다가왔고, 비슷비슷한 대화를 나눴다. 지망생의 밤이 아니라 신세 한탄의 밤이라 명칭을 바꿔야 하는 것 아닐까. 엽서를 바구니에 넣지 못한 채 행사가 진행되었다. 도망쳐. 세 글자만 머릿속에 맴돌았다.

카운터가 있어야 할 자리엔 무대가 마련되어 있었다. 무대라고 하기엔 협소했지만 조명과 카펫 덕분에 구분이 안 될 정도는 아니었다. 의자를 둘러싸고 쭈뼛거릴 때는 몰랐는데, 모두 착석하고 보니 50명 정도 되는 듯했다. 많은 인원은 아니었지만 서점을 가득 메우기엔 충분했다.

서점 주인이 마이크를 잡았다.

"지망생의 밤에 오신 걸 환영합니다. 이소영이라고 합니다."

인사와 동시에 박수 소리가 하나둘 새어 나왔다. 그녀는 활짝 웃었다. 그녀야말로 오늘 밤 위로받을 수 있는 단한 사람이 아닐까.

"걱정이 많았는데, 많이들 와 주셔서 감사합니다. 다들 편하게 대화 나누셨으면 좋겠어요. 오늘만큼은 주눅들 필요도 없고, 어째서 이런 삶을 영위하는지 밝힐 필요도 없어요. 물론 털어놓으셔도 좋고요. 사실 저도 소설가 지망생이던 시절이 있었어요. 어느 순간 포기하게 됐지만요. 오늘 밤은 오랫동안 생각하던 일이었어요. 내 목소리는 누가 들어 주나. 말하는 것도 지친다. 세상에 혼자 남겨진 기분이더라고요. 무언가를 꿈꾼다는 건 좋은 일인데, 왜 이렇게 험하고 모욕적인 걸까. 그렇다고 포기하는 것도 쉽지 않고요. 전 여전히 꿈꾸는 게 좋다고 생각해요. 서로에게 위로가 되었으면 좋겠습니다. 내일 또다시 꿈꾸기 위해서요. 제가 좋아하는 말이 하나 있어요. 포기하지 않으면 실패는 과정일 뿐이다. 오늘 밤 일도 훗날에는 '참 별걸 다 했네' 하면서 추억할 수 있을 거예요. 여기까지 오신 분들이라면 꼭 이룰 수 있을 거라 전 믿어요."

여전히 감흥이 없는 나와 달리 여기저기서 훌쩍이는 소리가 들렸다. 이해가 안 되는 건 아니다. 별 뜻 없는 말에도 울고불고하는 게 지망생의 일이기도 하니까. 그저 허공에 흩어지더라도 믿음이 깃든 말에 마음이 울렁이고 마는 게 지망생이니까.

지망생의 밤은 밴드 공연으로 시작해서 위로 구절을 무작위로 뽑아 읽고 자신의 삶에 대해 자유롭게 이야기를 나누는 것으로 끝날 예정이었다. 지루한 밤이 되겠구나 생각할 때였다.

"아직은 성공 못한 밴드, 공연을 보시겠습니다."

밴드 소개와 함께 등장한 사람은 강준호였다.

나의 전남친이자 좀도둑이 되어 버린 놈. 그는 땀이 뻘뻘 나는 날씨에 굳이 가죽 재킷까지 걸치고 있었다.

기가 막혔다. 도망치지 못한 게 후회가 되었다. 그러니까 그는 지망생이 아니라 지망생을 위로하기 위해 온, 쥐꼬리만 한 성공이라도 거머쥔 자였다. 이보다 더 비참할 수가 없을 거라 생각했을 때, 강준호는 수줍게 웃었다.

"'아직은 성공 못한 밴드'는 수식어가 아니라 저희 이름입니다. 이름 때문에 성공 못하는 게 아닌가 싶어 곧 바꾸려고 합니다. 그래도 오늘만큼은 제법 어울리는 것 같아 그대로 나왔습니다."

그는 대단한 농담이라도 한 듯 웃었고, 저딴 멘트에 대체 누가 웃겠나 싶었는데, 히죽히죽 웃음이 터져 나오더니 결국 다 같이 웃는 모양새가 됐다. 순식간에 짜증이 치밀었다. 그러니까 그 이름을 내가 지었다는 것, 그에게 힘을 내라고 한 말이 그가 앨범을 만들고 음원까지 낸 가수로 만들었다는 것에 화가 나는 건 아니었다. 그저 아무렇지 않게 그 이름을 쓰고 있다는 사실이 화가 났다. 그는 마치 내 마음을 읽기라도 한 듯 말했다.

"사실 전여친이 지어 준 이름인데, 그 친구를 여기서 보게 될 줄은 몰랐어요."

말이 끝나기 무섭게 모두가 두리번거리기 시작했고, 당연히 나라는 걸 알 리가 없는데도 나는 얼른 고개를 숙였다. 아니, 저 새끼가 엿을 먹여도 정도껏 먹여야지. 진즉에 나갔어야 하는 건데, 후회가 밀려왔다.

"곤란하게 하고 싶진 않으니 노래나 하죠. 우습게도 '곤란하게 하고 싶지 않아'가 첫 곡 제목입니다."

내가 오지 않았더라도 그는 똑같은 멘트를 했을 것이다.

당장 나가고 싶었지만 그랬다간 티가 날 테니 앉아 있을 수밖에 없었다. 그때 마침 한 여자가 벌떡 일어나서 나가는 바람에 시선이 그녀에게 쏠렸다. 다행이라고 해야할까. 우연이었는지, 계획된 퍼포먼스였던 건지, 그것도 아니라면 그녀 역시 전여친이라도 되는 건지 궁금해졌다.

공연은 그저 그랬다. 강준호의 노래 실력은 몇 년 전과 별반 다르지 않았고, 기타도 베이스도 건반도 힘이 없었다. 강준호가 요란을 떨며 소개할 때에도 고개나 끄덕일 뿐이었다. 화려한 기교도 잔잔한 감동도 없었다. 호응은 미미했다. 일어서는 관객도 없고 소리치는 관객도 없었다. 어울리지 않는 어색한 박수만 간간이 들렸다. 신난 건 강준호뿐이었다. 아직은 성공 못한 밴드가 아니라 아직도 성공 못한 밴드, 앞으로도 성공 못할 밴드처럼 보였다.

거기까지 생각이 이르자 묘하게 씁쓸해졌다.

공연이 끝날 때까지 싱숭생숭한 마음이 가라앉지 않았다. 노래가 전부 끝났을 때, 옆자리에 있는 사람이 말을 걸어왔다.

"진짜 별로지 않아요?"

"네?"

"저 사람 말이에요. 우리가 지망생이라고 무시하는 거야 뭐야. 저딴 실력으로 데뷔했다는 게 열받잖아요. 백이라도 있나. 요즘엔 인디도 집에 돈이 있어야 하는 거 알죠?"

최대한 목소리를 낮췄지만 그는 분명 화가 난 듯했다.

"가수 지망생이세요?"

"질투하는 걸로 보입니까?"

그가 발끈하며 되물었다.

"그게 아니라……"

그게 아니라고 했지만 그게 맞아서 딱히 할 말이 없었다.

"전 회계사 지망이에요. 전 그냥 화가 나는 겁니다. 지망생들한테 참가비 만 원에 차비까지. 거기다 세 시간이라는 게 얼마나 귀한 재산인데 이딴 공연이나 보고 있는 게 화가 나는 거예요. 지망생이라고 무시하는 거야 뭐야. 제대로 된 가수를 부르든가 아예 부르질 말든가. 적선하는 것도 아니고 이게 뭐냔 말입니까."

이해를 하면서도 이해가 되지 않았다. 저딴 공연을 보

는 게 화가 나는 건 알겠다만 그걸 왜 나한테 따지는 건지. 따지고 싶다면 서점 주인이나 강준호에게 따져야 하는 것 아닌가.

"분명 서점 주인이랑 사귀는 사이예요. 남친 노래 하나 팔아 보자고 기획한 거겠죠."

"비약이 심하신 것 같은데."

"비약이라니. 전 지독하게 현실적인 사람입니다. 손익 계산 딱딱 맞추는 게 제가 할 일이란 말입니다."

지독하게 현실적인 그는 휴지 한 칸까지 계산해서 쓰는 부모님 밑에서 자랐다고 했다. 은행 이자로 붙는 1원까지 가계부에 기록하는 모습을 보면서 컸더니 회계사가 되는 게 너무도 당연하게 느껴진다고 했다. 운명이라는 단어를 들먹이면서, 꿈 역시 복리니 어쩌니 저쩌니 하면서 경제경영학과에 갔고, 비싼 학원비를 쓰지 않는 대가로 시간을 쓰는 중이라는 묻지도 않은 말을 변명처럼 늘어놓았다.

머리가 지끈거렸다. 더 이상 말이 없자 그는 반대편으로 고개를 돌려 다시 한번 똑같은 말을 반복했다. 누군가 나의 시를 돌려 보며, 진짜 별로지 않아? 얘는 절대 안될 거 같아, 하고 수군대고 있을 것 같았다.

이 년 전 유명 시인에게 시를 보여 줄 기회가 있었다. 그는 짧은 시를 읽고 또 읽었다. 처음 본 외국어를 마주하는 것처럼 갸웃거렸다. 담배를 피우고, 커피를 마시고,

머리까지 긁적이면서 읽고 또 읽었다. 어찌나 민망하던지, 차라리 그만 보라고 할까 싶었을 때 그가 입을 열었다. "좋은데, 좋긴 한데, 자아가 너무 강하네." 자아가 없는 시가 있긴 하냐고 물으려 할 때, 그가 덧붙였다. "타인과 공감하지 못하는 시는 존재할 이유가 없죠." 그러니까 내 시는 의미가 없다는 말이었다. 얼굴이 달아오르고 속이 부글부글 끓었는데, 할 말을 찾지 못해 노력해 보겠다는 말만 했다. 그는 내 노력 따윈 의미가 없다는 듯 "그게 노력으로 되는 건가." 혼잣말인지 되묻는 건지 알 수 없는 말을 했다. 며칠 동안 만나는 사람마다 붙잡고 화를 낸 덕분에 겨우 잊을 수 있었다. 기어코 동의를 얻어 내려고 하는 그를 보고 있으니 짠한 기분이 들었다. 회계사를 지망하는 그는 동의와 외면 사이를 오가며 손익계산을 하고 있는 중인 걸까.

그 순간 사람들 뒤로 서점을 빠져나가는 강준호와 밴드 멤버들이 보였다. 아무리 긍정적인 그라도 지망생, 은혜의 말대로라면 패배자들마저 외면한 공연에는 상처를 받았을까. 다신 노래 따위 하지 않겠다고 결심하려나. 아니면 이딴 사람들 앞에는 다신 서지 않겠다 할까. 나도 이만 가는 게 좋겠다고 생각하는 찰나 서점 주인이 나와 다음 코너를 진행했다.

"이번 순서는 '나에게 위로를'입니다. 적어 주신 위로 구절을 무작위로 나눠 드릴 거예요. 하나씩 읽어 주시면

됩니다. 덧붙여 소감을 짧게 말씀해 주시면 좋겠습니다. 어렵게 생각하실 필요 없고요. 자리가 자리인 만큼 서로가 서로에게 위로받고 가시길 바랄게요. 일단 저부터 하나 뽑아서 읽어 볼까요?"

서점 주인은 바구니에서 엽서 하나를 꺼냈다.

"유명한 말이죠? 아침이 오기 전의 새벽이 가장 어둡다."

이토록 진부한 멘트를 여기서 듣게 될 줄이야. 이런 문장을 오십 번을 들어야 하는 건가. 아침이 오기 전이 아니라 해가 뜨기 전이라고 정정하고 싶은 마음이 불쑥 올라오는 와중에 서점 주인은 감동이라도 받은 듯 말했다.

"적어도 우리는 어둠 속에서 함께 견디고 있으니까요. 우리 외롭지 않게 아침을 기다려요."

서점 주인은 멘트를 하면서 글썽이기까지 했다. 조명 아래 눈물이 빛나는 바람에 유치하다는 생각에도 불구하고 살짝 울컥했다. 다른 이들도 다르지 않았는지 곳곳에서 울음이 터졌다. 어쩌면 이 광경이야말로 서점 주인이 노린 것 아닌가 싶은 생각에 울컥한 마음이 대번에 사라졌다.

위로 구절은 계속 이어졌다. 쏟아지는 위로를 듣고 있자니 은혜의 말이 떠올랐다. "우울한 사람들끼리 있으면 더 우울해져." 허무맹랑한 위로보다는 잔혹한 현실이 나을지도 몰랐다. 그때였다.

"희망이 있는 곳에 절망이 있다."

아나운서 지망생이었다. 그녀의 한마디에 즉시 침묵이
감돌았다. 희망이 있는 곳에 절망이 있다. 흔하게 들어 온
말이었지만 새삼 낯설게 느껴졌다. 이제 그만 희망을 버리
자는 건가. 아니면 희망이 있으니 절망하지 말자는 건가.
그것도 아니라면 결국엔 절망할 수밖에 없다는 걸까.

다음 문장으로 넘어가려는 순간 그녀가 웃음을 터뜨
렸다. 호탕하면서도 맑은 웃음은 어쩐지 기괴한 분위기
를 자아냈다. 누구 하나 입을 열지 못했다. 한 문장 한 마
디에 시장 바닥같이 웅성거리던 조금 전까지와는 전혀
다른 분위기가 됐다.

"재밌지 않아요? 희망은 무슨. 말장난하는 것도 아니
고. 이게 위로가 돼요? 볼썽사납기만 하지. 이게 제가 써
온 문장이거든요. 절망이 따라다니는 건가? 희망을 찾으
러 왔는데 절망밖에 없으면 어떡해야 하나. 듣기 좋은 말
만 늘어놓을 게 아니라 다 같이 포기하는 방법을 강구하
는 게 낫지 않겠어요?"

"분위기 망치지 맙시다."

"인생 망한 판국에, 그깟 분위기 가지고 쪼잔하게 굴
지 마요."

지금 여기서 나보다 짜증 난 사람이 있다면 그녀일지
도 모르겠다.

지망생의 삶이라고 해서 모두가 똑같은 곳에 머무르
는 것은 아니다. 같은 건물에서도 층수별로 가격이 달라

지는 것처럼. 누군가는 19층에 있고, 누군가는 7층에 있고, 또 다른 누군가는 지하에 있었다. 굳이 벗어나고 싶지 않은 사람도, 한층 돈을 부풀려 떠나는 사람도, 영원히 떠나지 못할 것 같은 사람도 있었다. 어쨌든 모두가 떠나기만을 바라고 있으니 매한가지인 걸까. 지금쯤 나는 몇 층에 있고, 그녀는 또 몇 층에 있는 걸까. 그녀를 노려보고 있는 이들과 달리 이상하게 나는 그녀가 부러워졌다. 적어도 그녀는 여기서만큼은 아나운서가 되어 있었다. 사람들이 듣고 싶어 하지 않는 말을 과감히 내뱉었다. 박수라도 쳐 주고 싶은 나의 마음과 달리 분위기는 험악해졌다.

서점 주인이 나서려고 하는데, 또 다른 목소리가 날아들었다.

"희망 지랄하고 자빠졌네."

익숙한 목소리였다. 강준호가 왜 또 저기에 앉아 있는건지. 아까 나가지 않았나? 어느새 그는 술에 취해 있었다. 호응이 없어서 화가 난 걸까. 아니면 별반 다르지 않은 처지라 생각하는 걸까. 불안했다. 강준호는 쉽사리 예측할 수 없는 놈이었다. 해맑기까지 한 그의 긍정을 이해할 수 없었던 것처럼, 간간이 품었던 그의 불만 역시 이해하기가 어려웠다. 추측은 늘 빗나갔고, 그때마다 나는 황당함을 감추지 못했다. 심장이 빠르게 뛰기 시작했다.

강준호는 벌떡 일어났다.

"되기만 하면 끝날 것 같지? 세상에서 너네가 제일 불쌍한 것 같지? 웃기고 있네, 씨발. 꿈은 사라지는 거야. 현실 또 현실이라고. 병신이야 병신."

자신이 병신 같다는 건지, 여기 모인 사람들이 병신 같다는 건지. 강준호의 지랄에 조금 전 소리친 남자가 일어섰다.

"술 처먹었으면 곱게 집에나 갈 것이지. 병신 같은 새끼. 너도 우리가 우습냐? 씨발, 뭐라도 해 보겠다고 하니까 우스워? 우리한텐 현실이 없는 줄 알아? 지랄하고 자빠졌네."

급기야 두 사람은 엉겨 붙었다. 그 바람에 옆에 앉아 있던 사람들이 넘어지면서 밀려났고, 서점 주인이 달려와 두 사람을 떼어 놓으려 애썼다. 그사이 아나운서 지망생은 미련 없이 서점을 빠져나갔다. 그녀를 기점으로 나가는 사람들이 생겼고, 서점 주인은 싸우는 두 사람을 내버려 둔 채 나가는 사람들에게 사과하느라 바빴다. 엉망진창이었다.

그러니까 되는 게 없다는 거군. 골 때리는 상황이었지만 이번만큼은 딱히 예상이 빗나가지 않았다. 빠르게 뛰던 심장이 다시 차분해졌다. 나도 자리에서 일어났다.

"쟤, 쟤 말이야."

강준호의 손가락이 가리킨 건 나였다.

정적과 함께 모든 시선이 한순간에 나에게 쏠렸다.

"쟤가 나랑 사귈 때도 지망생이었는데, 아직도 여기 있잖아. 씨발. 아니, 진짜, 뭘 그렇게 지망하는 건데. 씨발, 잘 살겠다며. 그럼 잘 살아야지. 오 년이야. 오 년. 왜 오 년을 그 지랄을 하고 있는 건데."

그러곤 오열하는 것 아닌가.

뭐야 지금. 망한 것과 다름없는 제 밴드 때문이 아니라 내 인생 때문에 이 난리를 피운다고? 문득 삼각김밥 하나 사 먹을 돈도 없으면서 공원을 차지한 길고양이를 보며 울음을 터뜨리던 강준호의 지난날이 떠올랐다. 기가 막혔다. 어째서 내가 여기서까지 가장 불쌍한 지망생이 되어야 한단 말인가. 이제야말로 할 만큼 했다는 생각이 들었다. 그때였다.

"전 육 년이에요."

옆에 있던 남자가 조금 전의 적대적인 태도는 온데간데없이 다정한 말투로 말했다.

묘한 일이었다. 황당하기 이를 데 없는 말이었지만 순간 위로가 되었다.

이상하게 눈물이 쏟아지는 밤이었다.

누구에게나 오는 기회

몇 년 전 짧은 이야기를 썼다.

언론사 취업 스터디에 들어가기 위한 글이었다. 어찌나 빡빡한 세상인지 스터디를 하기 위해서도 능력을 증명해야 했다. 불만이 없진 않았지만 최선을 다해 썼다. 세상 모든 불합리에 대응하다간 방구석에서 벗어나지 못할 터였다. 메일을 보내고 몇 시간 지나지 않아 환영한다는 답을 받았다.

그날 나의 행동이, 나를 환영했던 메일이 내 인생을 바꾼 건 아닐까 의심스러울 때가 있다. 순탄한 삶이 갑자기 방향을 틀어 고꾸라진 시점이 바로 그때 아니었을까.

그날 내가 쓴 글은 도시가 물에 잠기는 이야기였다. 당시 서울에선 많은 이들이 반대하는 공사가 진행 중이었다. 그 사실을 신랄하면서도 위트 있게 비트는 글이었다. 어렵지 않았다. 나에겐 비아냥거리는 재주가 있었고, 사회적인 문제에 관심도 많았다. 정확하게 말하자면 사회적 문제가 내 삶에 미칠 영향에 대해 걱정이 많았다. 이 땅의 강을 파헤치는 일이 결국 내 머리 위를 덮치게 될 거라는 비관적이고도 극단적인 상상에 이르는 게 나로선 딱히 놀랄 일이 아니었다. 스터디원들은 의아하리만치 내 이야기를 좋아했다. 처음 만난 자리에서 30분이 넘도록 내가 쓴 글에 대해 떠들었고, 다음번에도, 그 다음번에도 마찬가지였다. 그들은 내가 쓴 이야기에 열광했다. 소재가 무엇이든, 어떤 인물을 가져다 놓든, 어떤 형식이든 그랬다. 매번 어떻게 이런 이야기를 생각했냐고 감탄하며 너무 좋다는 말을 반복했다. 반복되는 우연은 의심 없는 확신을 가져오기 마련이다. 그렇게 나도 내 이야기를 좋아하게 되었다.

3년 동안 언론고시에 실패한 것이 높은 문턱 때문인지, 부족한 학벌 때문인지, 운이 없기 때문인지는 잘 모르겠다. 이상하게도 떨어질 때마다 이야기에 대한 집착은 심해졌고, 정신 차리고 보니 피디 지망생이 아닌 소설가 지망생이 되어 있었다. 하고 싶은 일보다 잘하는 일을 찾아야 한다는 말에 휘둘렸던 것이리라.

그 무렵 내가 하는 일이라곤 말도 안 되는 이야기를 지어내는 것뿐이었다. 여섯 명의 스터디원 중 네 번째 합격자가 나왔을 때, 나는 방송국에 들어가길 포기했다. 매일 아침 상식을 외우는 일도, 매일 밤 자소서를 고치는 일도, 매주 스터디에 나가는 일도, 매달 토익 점수를 올리는 일도, 관련 아르바이트를 찾기 위해 기웃거리는 일도 관뒀다. 그러곤 방에 틀어박혀 긴 이야기를 쓰기 시작했다. 무모하기 짝이 없는 일이었지만 그땐 그보다 가능성이 높은 일은 없을 듯했다.

　나의 첫 소설은 곧장 합격의 기쁨을 안겨 주었다.

　상금이라고 해 봐야 차비 정도였고, 아는 사람이라곤 몇 없는 작은 문예지였지만 상관없었다. 별다른 의미 없이 써낸 소설이 새로운 길을 내주었다. 마치 기다렸다는 듯 문을 활짝 열어 줬다는 사실에 나는 바보같이 기뻐하기만 했다.

　별 탈 없이 흘러가는 게 인생인 줄 알았지만 그럴 리가 있나. 내게 상금을 준 문예지는 지난해까지만 해도 상금 대신 발전 기금이라는 명목으로 돈을 받던 곳이었고, 내가 당선된 지 얼마 지나지 않아 문제가 불거졌으며, 하필이면 그해 당선자인 내가 주목받는 상황이 돼 버렸다.

　"돈을 주면서까지 등단했을 땐 기분이 어땠나요?"

　"잘못된 관행이라는 생각은 안 들었습니까?"

　나는 상금을 받았으며, 그런 관행이 있었는지 몰랐다는 말은 통하지 않았다. 한통속이라는 말이 떠돌기 시작하더니, 젊은 사람이 비겁하게 사는 꼴이 추하다고들 떠들었다. 그들은 통장 내역을 공개하라고 했지만 현금으로 받은 내역이 있을 리가 없었다. 설령 내역이 있다고 할지라도 마이너스 통장을 공개적으로 내보일 마음은 전혀 없었다. 내 인격은 생각할 가치도 없다는 걸까. 애초에 믿지도 않을 걸 왜 묻느냐고 성질까지 내는 바람에 지랄 발광한다는 오명까지 쓰게 됐다. 지금도 유튜브에 지랄발

광이라는 검색어를 입력하면 성의 없이 모자이크 처리된 내 얼굴을 볼 수 있다. 문제를 일으킨 문예지는 내게 사과하기는커녕 일언반구도 없이 문을 닫았다. 내게 받아간 두 번째 소설은 세상 밖으로 나오지 못했다. 불명예 폐간을 한 문예지의 마지막 당선자라는 오명만 남았다. 유일한 위로는 내 인생을 뒤흔든 그 사건이 세상 사람들에겐 대단치 않은 에피소드일 뿐이라는 것이었다.

보통이라면 넌더리를 내며 이 바닥을 떠났겠지만 달리 할 일도 없고 오기까지 생긴 나는 버티고 또 버텼다. 버티는 사람이 승자라고 하지만 내 경우엔 떠밀리고 떠밀려 벼랑 끝에 서 있는 형국이 되고 말았다. 나뭇가지라도 붙잡는 심정으로 아무도 읽지 않는 글을 쓰며 출판사의 문을 두드리고 또 두드렸다.

더 이상은 못 버티겠다 싶을 때 한 통의 전화를 받았다. 공모전에 낸 소설이 아깝게 떨어졌지만 출판은 하고 싶다는 편집자의 전화였다. 수정할 부분이 많긴 하지만 재밌게 술술 읽히더라고 채찍과 당근을 동시에 안기며 자세한 이야기는 만나서 하자고 했다. 울어야 할지 웃어야 할지 헷갈렸다. 드디어 기회가 왔다는 기대감과 또다시 농락당하는 건 아닐까 하는 노파심이 동시에 몰려왔다. 그렇다고 거절할 수도 없었다. 삶이 막바지에 몰린 사람에게 선택권이 있을 리가.

아이스 아메리카노 한 잔을 다 비웠을 때쯤 편집자가 도착했다.

그를 알아보는 건 어렵지 않았다. 그는 SNS에서 활발히 활동하며 각종 출판 행사에 진행자로 얼굴을 비췄다. 그런 사람이 내 소설이 재밌다고 하다니, 그의 얼굴을 보니 성공이 목전에 다가온 듯했다. 무엇보다 누구나 아는 굴지의 출판사였다. 스타 작가들과 쉬이 작업하는 곳에서 나 같은 무명작가를 이용하자고 굳이 시간을 낼 것 같지 않았다. 그가 내 앞에 앉는 순간 나를 지배하고 있던 불안감이 싹 가시는 듯했다.

"너무 아쉬워하지 말아요. 공모전이라는 게 어쩔 수 없이 한 명만 뽑아야 하는 거니까. 아시겠지만 이런 기회도 흔치 않거든요."

"네, 감사합니다."

"인사 들으려고 한 말은 아니고요. 올해 안으로 내는 걸로 하고, 수정 작업 들어가죠."

"올해라고 해 봐야……"

내 말이 끝나기도 전에 그가 말했다.

"빡빡하긴 하죠. 그렇지만 이런 소설은 시기가 중요한 거라 금방 타이밍을 놓쳐요. 그래서 곧장 연락드린 거고요."

곧장이라고 하기엔 결과 발표가 난 지 두 달이나 지났지만 잠자코 있었다.

"일단 결말부터 수정하죠."

"결말이 포인트인데……."

"알죠. 그렇지만 우리나라에선 결말이 분명해야 해요. 희극이든 비극이든 마침표를 찍어 줘야 합니다. 열린 결말 좋죠. 근데 이건 열린 결말보다는 회피에 가깝죠. 회피하면 안 돼요."

"회피하는 게 아니라…… 인생이 다 그런 거니까."

"이건 소설이죠. 인생이 아니라."

"인생을 담는 게 소설이라고 생각해요."

"그러니까요. 소설은 인생을 담는 거지, 옮겨 적는 게 아니거든요. 심사에서도 이 부분이 아쉬웠어요. 위로가 필요한 시대잖아요. 위로를 주는 소설인 줄 알고 펼쳤는데 끝에 가서 위로가 없다고 하면, 그보다 허무한 게 또 어딨겠어요."

결국 다른 이야기를 쓰라는 것과 다름없다는 말은 끝내 하지 못했다. 그 때문에 떨어졌다는데 무슨 말을 할 수 있을까. 무엇보다 그의 말대로 누구에게나 쉽게 오는 기회가 아니었다.

"고쳐 볼게요."

"말이 잘 통할 줄 알았어요."

어쩐지 말에 뼈가 느껴졌지만 잘 통한다는데 굳이 따져 물을 수도 없는 노릇이었다.

그는 계약서를 내밀었고, 선인세 금액까지 제시했다. 공모전 상금에 비할 바는 아니지만 나쁘지 않은 금액이었다. 한 달 내로 수정본을 주기로 하고 사인했다.

버티기를 잘했다고, 온갖 모욕을 감내한 대가가 나쁘지 않다고 생각하려는 찰나 그가 물었다.

"근데 왜 안 줬다고 했어요? 쪽팔려서?"

당혹감에 말이 나오지 않았다.

"따지고 보면 작가님 잘못도 아니잖아요. 꿈 가지고 장사한 놈들이 나쁜 놈이지."

여유 넘치는 그 앞에서 나는 등에서 발바닥까지 땀이 났다. 심장이 빠르게 뛰기 시작했다. 흥분을 가라앉히기 위해 허벅지까지 찔렀지만 다 알고 있다는 듯 씩 웃는 그의 모습에 억누르던 감정이 폭발하고 말았다.

"씨발 안 줬다고!"

그는 처음으로 당황하며 손에 쥔 계약서를 가방에 넣지도, 내려놓지도 못했다. 힘들게 거머쥔 기회가 스르르 빠져나가고 있었다.

귤 따는 춤

귤을 따다 보면 생각이 없어진다.

오직 귤과 나만 세상에 남아 있는 것 같다. 노란색인지 주황색인지 모를 둥근 물체 속에 파묻힌 느낌이랄까. 완벽한 귤을 끊임없이 골라내는 시시포스가 된 것만 같다. 허리가 아파 오기 시작하면 아, 여기가 귤 농장이었지, 현실을 자각하곤 한다. 그럴 때면 나는 조금 울고 싶어졌고, 나도 모르게 웨이브가 추고 싶어졌다. 어이없게도.

작년에 나는 포기했다.

정확히 말하면 포기당했다.

"그것도 춤이냐?"

전 국민 앞에서 내 춤은 부정되었다. 댄스 프로그램도, 오디션 프로그램도 아니었다. 〈전국노래자랑〉에 나가는 친구가 무대가 허전하다며 옆에서 춤을 춰 달라고 부탁했다. 무대가 너무 작은 것 같기도 했지만, 뭐 어떤가 싶었다. 누구라도 어디라도 찾아 준다는 게 고마운 일이었으니까.

땡 하는 소리와 함께 친구의 노래가 끝나는 순간 관객석에서 크게 들려온 말은 "그것도 춤이냐?"였다. 웃음

귤 따는 춤

소리가 와르르 터지면서 내 표정이 카메라에 잡혔다. 쪽 팔리긴 했지만 한때의 해프닝으로 넘어갈 줄 알았다. 내 춤이, 내 표정이 웃음거리가 되어 유튜브를 떠다니기 전까진. 그 3초가 나의 지난 30년을 날려 버렸다.

어릴 때부터 춤을 좋아했다. 기억도 나지 않는 세 살 무렵엔 지나가는 사람마다 붙잡고 춤을 췄다고 한다. 칭찬이라도 해 주면 그렇게 웃었다고. 유치원 학예회 영상에는 무대 중앙을 차지하고 서서, 울고 있는 옆 친구는 아랑곳하지 않은 채 혼신의 힘을 다해 춤을 추는 내가 담겨 있었다. 초등학교 때부터 고등학교 때까지 장기자랑은 빼놓지 않고 나갔다. 대학에 입학하자마자 춤 동아리에 들어가 길거리 공연을 시작하고, 가끔은 백댄서 아르바이트도 했다. 환호를 받을 때에도, 관객에게 내가 보이지 않을 때에도, 야유를 당할 때에도 개의치 않았다. 나는 춤을 췄고, 그것만으로 충분하다고 여겼다. 어떤 일이든 훌훌 털고 일어날 수 있다고 믿었다. 그저 순간에 지나지 않을 때에만 아무렇지 않게 넘길 수 있는 거란 사실을 몰랐다. 조롱의 대상으로 박제된 이후 내 삶은 바뀌었다. 어쩌다 누구와 눈이라도 마주치면 나를 비웃고 있는 건 아닐까 걱정이 몰려왔고, 누군가 핸드폰을 들면 혹여나 나를 찍는 건 아닐까 초조해졌다. 친구들은 오버하지 말라고 했다. 아무도 기억 못 한다고. 설사 안다고 해도 가발까지 쓰고 나간 너를 어떻게 알아보겠냐고, 지나가다가 알아볼 만한 얼굴은 아니라고 위로 아닌 위로를 하곤 했지만 그런 말들에 상태가 좋아지진 않았다. 되레 갈수록 심각해졌다. 시선을 피하는 것으로 시작해 얼굴을 들 수 없게 되었고, 곧이어 숨을 쉴 수가 없었다. 정점을 찍은 것은 다시 무대 위에서 춤을 추던 날이었다. 백화점 앞에서 열린 작은 행사였다. 나 혼자 추는 것도 아니고 열 명 중 하나로 뒤에서 춤을 추고 있었는데, 무대를 가리키는 손가락 하나가 보이는 순간 하늘이 노랗게 변하고 곧 앞이 컴컴해졌다. 다시 눈을 떴을 땐 응급실이었다.

그렇게 나는 서울 생활을 정리하고 제주도로 왔다. 엄마 아빠가 있는 공주 대신 기어이 바다를 건너면서 현실에서 도망쳤다.

제주도로 가겠다고 했을 때 누군가는 내게 팔자가 좋다고 했고, 누군가는 아직도 정신을 못 차린 거냐며 언제까지 그렇게 살 거냐고 물었다. 나도 모를 일이었다. 그냥저 멀리 도망치고 싶었고, 나로서는 최선이 제주도였다. 당연히 언제까지 이렇게 살지에 대한 계획 따윈 없었다. 스쿠버 다이빙을 하고, 산책을 하고, 말을 타며 제주도를 누릴 마음은 없었다. 벌레가 쉴 새 없이 들어오고 외풍이 심한 시골집에서 하루 종일 잠만 자다가 근처 귤 농장에서 일을 하게 된 게 지난 일 년 동안의 여정이었다. 우습지만 희망도 기대도 완전히 사라져 버린 순간 다시 숨을 쉴 수 있게 되었다. 공황장애 따위 앓은 적도 없다는 듯이 사람들 앞에서 태연한 얼굴을 할 수 있게 되었다.

어느새 귤 한 박스를 채우고 나니 팔이 뻐근했다.

"아가씨는 어쩌다 제주도까지 왔어?"

멀찌감치 떨어져 귤을 따고 있던 한 아주머니가 나도 모르는 사이 내 옆에 다가와 있었다.

그러니까 어쩌다 여기까지 왔는지, 어디서부터 어떻게 얘기할지 고민하고 있을 때 아주머니는 이미 알고 있다는 듯 답을 이어 갔다.

"요즘 젊은 사람들한테 제주살이가 인기지. 어떻게, 정착할 마음이 들어요?"

"……잘 모르겠어요."

그러자 아주머니가 빙긋 웃었다. 그러곤 내 박스에 든 귤을 들여다보았다.

"솜씨가 나쁘진 않네."

"귤 따는 게 똑같죠 뭐."

"똑같다고 생각하는 게 능력이에요. 세상엔 엉망진창인 사람이 훨씬 많아요."

칭찬인지 위로인지 모를 말이었다.

옆에 있는 아주머니의 박스엔 확실히 예쁜, 그러니까 광까지 나는 귤이 가득했다. 내 시선을 느낀 건지 아주머니가 덧붙였다.

"기죽을 필요 없어."

"아…… 감사합니다."

딱히 기가 죽진 않았지만 어쩐지 감사 인사를 해야만 할 것 같아서 귤을 따다 말고 고개를 숙였다. 기대한 대답이 아니었는지 아주머니는 다시 귤 따기에 집중했다.

한때는 춤을 포기하면 나라는 사람 자체가 부정당하는 거라 생각했다. 세상이 내게 완전히 등을 돌리는 거라고. 막상 춤을 포기했지만 나는 여전히 똑같이 눈을 뜨고, 밥을 먹고, 똥을 쌌다. 세상도 나에게 굳이 등을 돌리지 않았다. 네까짓 게 뭐라고 등까지 돌려야 돼? 묻는 것만 같았다. 좀 더 정확히 말하자면 세상은 나에게 손을 내민 적도, 아니, 세상과 나는 마주한 적도 없는 것 같았다. 그러니까 내 마음만 빼고는 달라진 게 하나도 없었다. 달라진 게 없다. 그 사실이 너무 시시해서 웃음이 났다. 거대한 착각 속에 살고 있는 것 같았다. 도망자의 삶을 살면서도 굳이 도망을 쳤어야 했나 싶은 생각이 들었다.

갑자기 불어오는 거센 바람에 몸이 휘청거렸다. 금방이라도 무언가 쏟아질 것처럼 하늘이 흐렸다. 멀리 보이던 한라산 역시 보이지 않았다. 온통 귤 냄새로 진동했다. 달짝지근하고 시큼한 냄새 속에 풍덩 빠진 것 같았다.

아주머니는 가위를 내려놓았다.

어느새 아주머니 주변에는 두 개의 박스가 가득 차 있었다. 이제 그만 가자고 할 줄 알았는데, 아주머니는 바닥에 떨어져 있던 텀블러를 집어 들어 커피를 한 모금 마신 뒤 말을 이었다.

귤 따는 춤

"난 삼 년 전에 왔어요. 어느 날 출근하는데, 남편이 이혼하자고 하더라고요."

나는 귤을 따던 손을 멈추고 아주머니를 쳐다보았다.

그러자 아주머니가 피식 웃었다. 별것 아니니까 하던 일 하며 들으라는 듯. 나는 대답이라도 하듯 살짝 고개를 끄덕이고 다시 귤을 따기 시작했다.

"그전까지는 홈쇼핑 쇼호스트로 일했어요. 내 입으로 말하긴 그렇지만 제법 잘했어요. 옷이든 화장품이든, 이런 귤도 잘 팔 수 있었어요. 아무런 문제가 없다고 생각했는데 남편이 그러는 거예요. 넌 결혼 생활도 일처럼 한다고. 티끌만 한 장점을 부풀려서 남들에게 보여 주느라 바쁘다고. 지쳤다고 하더라고요. 화가 났죠. 그렇게 이혼했어요. 그리고 일 년 동안 미친 듯이 일만 했어요. 웃긴 건 그 어느 때보다 열심히 했는데 실적이 쭉쭉 내려가는 거예요. 회사에선 나는 더 이상 안 팔린다는 말이 돌았어요. 웃기지도 않지. 안 팔리는 건 내가 아니라 상품이잖아요. 뭐, 소용없는 말이죠. 회사에선 SNS라도 좀 해 보라고 하더군요. 물건을 못 팔면 나라도 팔아야 한다는 거죠. 개인의 브랜드화. 그런 시대라고. 그쯤 되니 화도 안 났어요. 그냥 좀 슬펐죠. 내가 상품인가? 내가 나를 팔아서 나는 대체 뭘 얻는 거지. 그 사람들이 나를 사면 나는 뭐가 되는 거지? 시간이 한참 지난 후에야 정말로 나를 팔라는 게 아니라 그만두라는 말이었다는 걸 알았죠. 회사

에 더는 필요 없으니 알아서 살길 찾아라. 끝까지 SNS를
안 했더니 결국 털어놓더라고요."

아주머니는 이제 커피를 내려놓고 귤을 까고 있었다.

나는 아주머니를 쳐다보았다. 무슨 말을 하는지 알
것 같으면서도 몰랐다. 무엇보다 대체 왜 나한테 이런 말
을 하는 건지 알 수 없었다. 도망친 사람이 나 말고도 있
다는 사실에 위로를 받기는커녕 불편해졌다. 그만 자리를
피하려는데 아주머니는 귤을 반쯤 떼어 내밀었다. 나는
귤을 받아 들었다.

"그러니까 이렇게 귤을 따는 것도 나쁘지 않다고요.
결국 나를 팔진 못했지만, 적어도 지키기는 한 것 같거든."

아주머니는 웃었다.

지킨 게 아니라 가진 것을 전부 잃어버린 것 아닐까.
의구심을 떨쳐 내기 위해 귤을 먹었다.

새큼하고 달큼한 기운이 입안 가득 퍼졌다. 그러니까
귤을 따는 것도 나쁘지 않았다. 그제야 나는 여기까지 온
나를 조금은 용서할 수 있을 것 같았다. 그렇게 보답이라
도 하듯 내 이야기를 꺼냈다. 순간의 감정은 늘 후회를 남
기는 법이었다.

다음 날 오전 5시, 아침 작업을 위해 준비를 마치고
농장으로 나갔다.

모두가 제주도만큼 따뜻한 곳은 없다고 했지만 나로

선 제주 바람을 견디는 게 쉽지 않았다. 움직이다 보면 목
도리도 조끼도 다 내던지곤 했지만 집을 나설 때는 꽁꽁
싸매기 바빴다. 장갑을 끼고, 박스를 준비하고, 뻐근한 어
깨를 풀기 위해 스트레칭을 하는데 할머니가 다가왔다.

머리부터 발끝까지 귤로 무장한 할머니였다.

머리를 휘감은 두건에도 귤이 있었고, 주황색 티셔츠
에 걸친 검은 조끼에도 귤이 있었다. 바지에도 귤이 있었
고, 신발에도 귤이 있었다. 귤이 자신의 정체성인 사람.
이토록 큰 귤 농장의 주인이자 내게 일당을 주는 귤 할머
니였다.

"춤꾼이라며?"

귤 할머니가 대뜸 물었다.

"네?"

"들었어. 서울에서 춤깨나 췄다던데."

"아… 아닌데요…….. 저 아니에요."

"아니긴, 내가 영상을 다 봤는데."

"네?"

"늙었다고 무시하지 마. 우리도 유튜브 다 해."

〈전국노래자랑〉을 챙겨 보시는 건가 싶었는데 유튜브
라니. 놀라운 한편 절망스럽기도 했다. 아무 말도 하지 않
자 귤 할머니는 주섬주섬 스마트폰을 꺼냈다. 당장 내 눈
앞에서 영상을 틀 기세였다. 심장이 미친 듯이 빠르게 뛰
기 시작했다. 일 년에 걸쳐 사라진 공황이 이때다 싶어 돌

아올 것 같았다. 망할 놈의 유튜브. 세상은 분명 유튜브 때문에 망할 거다.

"안 보여 주셔도 돼요. 믿어요."

유튜브를 재생시키려는 귤 할머니를 다급하게 말렸다. 귤 할머니는 나를 빤히 쳐다보더니 스마트폰을 집어넣었다. 나도 모르게 안도의 한숨이 나왔다.

"젊은 사람이 아침부터 한숨은. 그게 다 맥이 없어서 그래. 기운을 차려야지. 아침은 먹고 오는 거야?"

"아니요."

맥이 없어서 그런 게 아니라 다 할머니 때문이라고 하고 싶었지만 아침부터 말싸움을 하고 싶진 않았다. 갑자기 쳐들어온 흑역사에 머릿속이 새하얘지기도 했다.

귤 할머니의 시선을 피해 주변을 둘러보았다. 조금 떨어진 곳에서 홈쇼핑 아주머니가 장갑을 끼며 일할 준비를 하고 있었다. 눈이 마주치자 아주머니는 윙크를 날렸다. 무슨 대단한 일이라도 꾸민 것처럼. 다짜고짜 자신의 과거를 늘어놓을 때부터 알아봤어야 하는 건데. 자기 삶은 팔기 싫다더니 남의 과거는 마음껏 팔아도 좋은 모양이었다. 내 시선을 읽은 건지 귤 할머니가 툭 내뱉었다.

"애먼 사람 잡지 말고. 세상에 비밀은 없는 거야. 사실 나도 처음부터 눈치를 채긴 했어."

"무슨 눈치요?"

"어디서 봤다 싶었다니까. 예사 사람이 아닌 줄 알았지."

가슴 위로 바위가 떨어진 것 같았다. 피할 수 없다면 즐기라고 하지만, 그건 오래전부터 내가 가장 싫어하는 말이었다. 즐기라는 말을 듣는 순간 피할 수 있는 일도 피할 수 없게 되어 버린다. 사실은 못 피하게 하려고 만든 말이 아닐까.

"할머니. 아니 사장님. 제 이야기는 모른 척해 주세요. 비밀로 해 주시고요. 제가 그 영상 때문에 제주까지 내려온 거예요."

"아니, 그렇게 대단한 걸 왜 모른 척을 해. 테레비까지 나온 마당에. 테레비는 아무나 나가? 자랑스러워해야지."

귤 할머니는 내 태도가 도무지 이해되지 않는다는 듯 화들짝 놀라며 타박했다.

"개망신 당한 걸 어떻게 자랑스러워해요."

"망신은 무슨."

귤 할머니는 고개를 절레절레 흔들었다.

"젊은 사람이 대범하게 살아야지. 대범하게!"

자리를 벗어나기 위해 바구니를 집어 드는 순간, 귤 할머니가 내 바구니를 꽉 잡았다.

"내가 부탁할 게 하나 있는데……."

"부탁이요?"

"테레비에서 본 건데 말이지, 프랑스 와인 농장이던가, 암튼 거길 보니까, 일 시작 전에 춤을 추더라고?"

그놈의 테레비 좀 그만 보라고 외치고 싶었지만 어른

에게 그런 말을 할 순 없었다. 삶이 막바지에 몰렸다고 해서 인간이길 포기하고 싶진 않았으니까. 그래서 나는 내가 할 수 있는 말을 했다.

"춤이요?"

"그래, 춤. 에어로빅 같은 거 있잖아. 기운을 확 끌어올려 가지고 일을 하니까 능률이 확 오르더라고? 요즘 우리 농장이 어째 기운이 없어. 다들 매가리가 없어 보이는 게. 나도 무릎이니 등이니 쑤시고……"

"말도 안 돼요."

"말이 안 되긴 뭐가 안 돼. 아니, 좋은 재주 됐다가 뭐해. 사람이 기술이 있으면 써먹어야 돼. 썩히면……"

귤 할머니는 잠시 말을 멈췄다. 결정적 한마디가 남았다는 듯.

"썩히면…… 사람이 썩어."

"썩긴 뭘 썩어요. 사람이 귤도 아니고."

"뭐? 우리 귤이 어때서? 내 농장 귤이 제주에서 제일 달아!"

귤 할머니는 내가 귤을 모욕이라도 한 것처럼 소리쳤다. 조금 전 나한테 썩는다는 말을 한 것은 잊어버린 것 같았다.

"아무튼 내일부터 하는 걸로 알 테니까, 능률 팍팍 오르는 춤으로 준비해 와. 귤 춤."

귤 할머니는 대답 따윈 필요 없다는 듯 빠른 속도로

사라졌다. 내 무릎보다 훨씬 탄탄한 무릎을 가진 자의 걸음이었다.

귤 춤을 준비해 오라니.

당연히 거절해야 마땅했다. 거절할 기회조차 주지 않았지만 그럼에도 불구하고 거절해야 했다. 어떻게 거절할지가 고민이었다. 무의식적으로 손을 뻗어 가지를 자르고 귤을 따려는데 귤 한쪽이 썩어 있었다. 바닥에 던진 후에도 계속해서 썩은 귤에게 시선이 갔다. 나도 저렇게 버려진 걸까. 귤이라면 썩기보다는 입에 들어가는 쪽을 택하고 싶지 않을까. 그렇게 나는 귤 할머니의 속셈에 넘어갔다.

거절하지 않고도 춤을 추지 않는 방법이 없는 건 아니었다. 귤 농장은 하루 일한 시간만큼 돈이 일급으로 지급되었다. 그러니까 내일부터 안 나오면 그만이었다. 내일부터는 다른 농장의 일을 알아보거나 제주 생활은 이만하면 됐으니 서울로 돌아가면 될 일이었다. 공주로 가서 잠시 엄마 아빠 집에 머무르는 방법도 있었다. 한 번이 어렵지 두 번이 어렵나. 다시 한번 도망치면 될 일이었다. 그렇게 오전 내내 귤 춤과 도망칠 궁리 사이에서 마음이 왔다 갔다 했다. 어디로도 기울지 않는 시소 위에 앉아 있는 기분이었다.

춤을 췄다는 사실을 알게 된 게 귤 할머니뿐만은 아닌지, 매일 보면서도 말 한번 섞지 않았던 사람들이 내게 말을 걸기 위해 머뭇거리는 모습이 보였다. 재빨리 도시락을 들고 농장 구석으로 갔다. 도시락을 반쯤 까먹었을 때 귤 할머니가 다가왔다.

"젊은 사람이 청승맞게 뭐 하는 거야?"

청승이 늙은 사람의 전유물이라도 되는 건지. 굳이 따지지도 못할 거면서 이상하게 머릿속으로는 자꾸만 반박할 말이 먼저 떠오르곤 했다.

귤 할머니는 내 옆에 앉았다.

"안무는 쫌 짰어?"

"안무라는 말도 아세요?"

"내가 바본 줄 알아? 안무를 왜 몰라?"

"아…… 죄송해요."

나도 모르게 사과부터 했다.

그러자 귤 할머니는 또다시 버럭 화를 냈다. 정말이지 성질이 보통이 아닌 할머니였다.

"아니, 젊은 사람이 대체 왜 이리 기가 죽어 있어? 누가 보면 내가 잡아먹기라도 하는 줄 알겠네."

"잡아먹는 거나 마찬가지예요. 저한테 다시 춤추라고 하는 거."

"왜? 사람들이 놀려서?"

나는 할머니를 쳐다보았다. 유튜브를 봤다는 게 거짓말은 아닌 모양이었다.

나는 아무 말도 하지 않았다. 솔직히 잘 모르겠다. 놀

귤 따는 춤

려서 춤을 안 추는 건지, 그것도 춤이냐는 야유에 대꾸조차 못 했기 때문인지. 아니면 이제 춤이라면 지긋지긋해진 건지. 춤을 좋아해서 춤꾼이 되겠다고 했지만 거창한 목표는 없었다. 길에서 추면 길에서 추는 대로, 무대에서 추면 무대에서 추는 대로 좋았다. 목표가 있어야 된다는 말에도 개의치 않았다. 뭐든 상관없다 여겼다. 타인의 한마디에 방향을 잃는 게 어쩌면 당연한 일일지도 몰랐다. 이제 와서 그런 춤을 다시 춰야 한다니. 설령 귤 농장의 아침 체조에 불과하다고 해도 자신 없었다.

"내가 제일 후회되는 게 뭔 줄 알아?"

"저를 뽑은 거요?"

귤 할머니는 대단한 농담이라도 들은 것처럼 호탕하게 웃었다. 농장에서 일을 시작한 후로 처음 보는 웃음이었다.

"우리 안무 선생을 두고 후회하면 되나. 난 말야, 모델이 되고 싶었어."

나를 놀리는 건가 헷갈렸는데, 표정이 사뭇 진지해 보였다.

"모델이 모델인 줄도 몰랐을 때 모델이 되고 싶었단 말이지. 내가 쫌 늘씬하잖아. 예쁜 옷 입고 사람들 앞을 멋있게 탁탁 걸으면서 말이야. 근데 사람들이 전부 안 된다고 했단 말이지. 얼굴이 너무 크다나. 아니, 내 얼굴이 동네에서 제일 작은데, 크긴 뭐가 커! 근데 모델로는 턱도 없다고 하는 거 아냐? 그래서 내가 포기했어. 포기했다니까 사람들이 웃데. 아주 웃겨 죽겠다는 듯이 웃으면서 그럴 줄 알았다고 했단 말이지. 몹쓸 것들. 지금이라면 내가 욕을 한 바가지 퍼부었을 텐데, 그땐 그냥 쪽팔리기만 하더라고. 너무 쪽팔려서 숨고 싶었지. 그래서 고개도 폭 숙이고. 어깨도 요로코롬 말고 다니고."

할머니는 둥근 어깨를 더 둥글게 말았다. 그러면서도 말을 끊지 않았다.

"근데 나중에 보니까 나보다 얼굴이 큰 애도 모델을 하고 있더라고. 잡지에 떡하니 나오는데, 내가 왜 다른 사람들 말을 들어서 내 꿈을 포기했나 싶더라니까. 고작 지들 한번 웃어 보겠다고 사람을 놀리는 것들 때문에 말이야. 그 인간들이랑 더는 보지도 않는데. 심지어 몇몇은 이미 죽었어."

나는 할머니를 빤히 쳐다보았다.

"내 인생은 내 것. 낄낄거리는 사람들 말 한마디에 걸지 말라는 거야."

그런가. 나를 비웃은 사람 때문에 내가 포기한 걸까. 그러다 문득 내 인생에 대해 생각하는 게 귀찮아졌다.

"요즘엔 시니어 모델도 뽑아요. 지금이라도 나가 보세요."

"내가 그걸 모를까 봐? 지원서 착착 넣고 있으니까 내 걱정 말고."

할머니는 스마트폰을 꺼내더니 내게 화면을 보여 주

었다.

"팔로우 해. '좋아요'도 좀 누르고."

화면에는 SNS 계정이 떠 있었다. 화려한 색상의 옷을 입은 할머니의 거울 셀카가 가득했다. 팔로워 숫자도 꽤 됐다. 비공개로 돌린 내 계정보다도 많았다. 어제까지만 해도 평범해 보였던 농장이 달리 보였다. 그러니까, 꿈을 이루지 못한 이들이 모여드는 곳 같다고나 할까.

"어때? 멋있지?"

할머니는 뿌듯한 얼굴이었다.

"세상 참 좋아졌어. 오래 살길 잘했다니까. 어떤 날이 올 줄 모르는 게 인생이야. 그러니까 춤이나 잘 짜 봐."

"……못 해요."

"왜, 농장이 허접해서 그래? 농장에서 추는 건 쪽팔려?"

"그게 아니라……"

"그게 아니면 해."

귤 할머니는 할 말을 끝냈다는 듯 자리에서 일어났다. 무릎에서 뚜둑 소리가 났지만 아랑곳하지 않았다.

"아, 그 테레비에 나온 춤은 어렵더라. 쉽게. 나 같은 늙은이도 따라 할 수 있게 쉽게 짜 쉽게."

더는 춤을 추고 싶지 않다는 말은 통하지 않을 듯했다.

"못 짜요. 일하고 내일 아침까지 어떻게 해요."

할머니는 대꾸를 하려다 말고 잠시 생각했다. 진즉에 이렇게 말할걸 후회가 됐다. 그러나 곧이어 들은 대답은 예상과는 전혀 다른 말이었다.

"오후 근무는 빼 줄 테니까 가서 안무 짜도록 해. 일급은 그대로 챙겨 줄 테니까."

대답을 하기도 전에 할머니는 제 갈 길을 갔다.

귤은 달았다.

제주에서 제일 단 귤인 줄은 모르겠지만 달긴 달았다. 어디 한번 제주의 모든 귤을 먹어 봐? 귤을 집다 말고 노랗게 변한 손을 바라보았다. 테이블 위에는 귤껍질이 한가득했다.

점심을 먹자마자 방으로 돌아와 한 일이라곤 귤을 까먹는 것밖에 없었다.

귤을 따기 전에 추기 적절한 춤은 무엇일까. 안무가 중에 이토록 요상한 의뢰를 받는 사람도 있을까. 세상엔 다양한 사람이 있기 마련이니, 귤 따는 춤도 어딘가에 있지 않을까. 아니면 내가 최초가 되는 걸까. 말도 안 되는 일이라고 무시하면 그만이었지만 여섯 시가 되자마자 일급이 입금되었다. 이십만 원. 오후까지 꼬박 채워서 받는 일급이 십육만 오천 원이니까, 오전 시급을 제외하면 십일만 원에 불과했지만 의뢰비라면 의뢰비였다. 그러니까 내가 처음으로 받아 본 안무비였다. 내일 아침엔 춤을 보여 줘야만 했다. 순간 머릿속에 사람들 앞에서 춤을 추고 있는 내 모습이 떠올랐다. 귤을 따자면 팔을 뻗고, 허리를 숙이고, 쪼그리고 앉았다 섰다를 반복하고, 그러자면 전신을 움직여야겠지? 그 모습을 떠올리자니 갑자기 웃음이 터졌다. 그래. 청승은 그만 떨고 춤을 만들자.

"준비됐지?"

귤 할머니가 물었다.

고개를 끄덕여야 할지 저어야 할지 헷갈렸다. 밤새도록 춤을 만들긴 했는데, 아니, 춤을 만들어 보려고 했는데, 쉽지 않았다. 고작 3분, 잠시 멍때리기만 해도 순식간에 사라질 시간이 갑자기 무한대로 길어진 것만 같았다. 그러는 사이 새벽 세 시가 되고, 네 시가 되고, 다섯 시가 되었다. 결국 한숨도 못 자고 뜬눈으로 밤을 새웠다.

내 대답 따윈 필요 없는 모양이었는지 귤 할머니는 사람들을 모았다.

"자, 다들 모여 봐. 오늘부터 아침 에어로빅 한다고 다들 들었지?"

에어로빅? 갑자기 웬 에어로빅?

"에어로빅이요?"

"그냥 쉽게 알아들으라고 한 말이야. 내가 간단한 동작으로 만들라고 했잖아?"

할머니는 사람들 사이로 가서 섰다. 스무 명 가까이 되는 이들의 시선이 내게 쏠렸다. 중앙에 서 있으니 땀이 삐질삐질 났다.

"얼른 해. 빨리 일하러 가야 돼."

웅성거리는 사람들 사이 귤 할머니의 고함이 날아들었다.

나는 주섬주섬 핸드폰을 꺼내 노래를 틀었다. 다행히 어제 노래를 골라 두긴 했다. 오렌지라는 제목의 팝이었는데, 멜론에도 없고 애플뮤직에도 없고 사운드클라우드에만 있는, 프로인지 아마추어인지 구분조차 쉽지 않은 가수의 노래였다. 제목을 멜론이나 애플이라고 지었으면 유명해지지 않았을까, 말도 안 되는 상상을 하며 혼자 웃고 넘긴 음악이었다. 제목이 오렌지라서 고른 건 아니었다. 제목이 오렌지라는 걸 알면 귤 할머니는 싫어할지도 모른다. 귤과 오렌지, 레드향, 황금향을 조금이라도 혼동하는 걸 용납하지 않았으니까.

통통 튀는 음악이 흘러나오기 시작했다.

처음에 나는 어쩔 줄 모르며 제자리걸음만 했다. 그러자 사람들이 쭈뼛거리며 따라 하기 시작했다. 그냥 확 도망가 버릴까 싶은 마음이 들기도 했지만 나도 모르게 팔이 움직였다.

오른손을 하늘로 뻗었다 잡아당기고, 왼손을 하늘로 뻗었다 잡아당기고, 옆 가지의 귤을 따듯 웨이브로 몸을 비틀어 또다시 손을 잡아당기고, 잡아당긴 귤을 바구니에 툭툭 던지듯이 손목을 털어 주었다. 절로 웃음이 난다는 듯 살랑거리며 바구니 쪽으로 걸어가 귤을 내려놓고, 귤을 딴 기쁨을 표현하듯 가벼운 점프를 하고, 다시 웨이브로 제자리에 돌아오고, 또다시 팔을 뻗어 귤을 요리조리 따고. 막상 시작하니 늘 내 머릿속에 들어 있던 것처럼 춤이 흘러나왔다. 사람들은 '이게 다 무슨 짓이야' 싶은 얼굴로 그러나 진지하게 따라 했다. 그렇게 정신없이 3분이 지나갔다. 2절은 1절과 같은 동작을 똑같이 반복하고 말았지만.

노래가 끝나고 춤도 끝나자 귤 할머니는 숨을 몰아쉬며 물었다.

"춤 이름이 뭐야?"

"네?"

"춤 이름이 있을 거 아냐. 이름도 알려 줘야지."

"……귤 따는 춤?"

순간 정적이 흘렀다.

곧이어 귤 할머니가 웃음을 팍 터뜨렸다.

"딱이구만 딱이야! 아주 천재였네! 자, 박수 박수."

할머니가 박수를 치기 시작했다.

사람들은 어이없다는 듯 웃음을 터뜨리면서도 함께 박수를 쳤다. 나도 모르게 박수를 따라 치면서, 올겨울이 끝나면 서울로 돌아가야겠다고 생각했다. 농장에 가득한 귤 향기가 온몸을 감싸는 듯했다.

다음 날도 그다음 날도 귤 따는 춤은 계속되었다.

머쓱했던 기분도 점점 사라졌다. 농장 사람들 역시 나

를 뚫어져라 처다보지 않으면서도 춤을 출 수 있게 되었다. 점점 리드미컬하게 변했고, 웃음은 자연스러워졌다. 나도 사람들 앞에서 춤을 추는 게 조금은 편해졌다. 그렇게 끝날 줄 알았다. 농장엔 활기가 돌고, 나는 새롭게 시작할 수 있는 용기를 얻고. 그러는 동안 쇼호스트 아주머니는 농장을 관두고 서울로 돌아갔다. 전에 다니던 회사 경쟁사의 농수산물 전문 쇼호스트가 되었다고 했다. 묘하게 배신감이 들면서, 그가 제주에서 판 유일한 상품이 나였을지도 모른다는 허무맹랑한 생각을 했다.

아침 춤은 진즉에 끝내고 한창 귤을 따는 중이었다. 멀리서 할머니가 다급하게 나를 찾았다. 실수라도 한 건가 싶어 얼른 뛰어갔다. 귤 할머니가 부른 곳엔 처음 보는 사람들이 모여 있었다.
"무슨 일이에요?"
"뭐긴 뭐야. 춤춰야지."
"춤이요? 아침에 췄잖아요."
"이 사람들은 아침에 못 췄잖아. 내 농장에 왔으면 춤을 춰야지!"
귤 할머니는 모여 있는 사람들을 가리켰다. 누군가는 스트레칭을 하고, 누군가는 발을 구르고, 누군가는 멍하니 서서 기다리고 있었다. 귤 따기 농장 체험을 시작할 거란 말은 들었지만 춤을 출 거란 얘기는 듣지 못했다. 어안이 벙벙해서 서 있는데, 할머니가 스마트폰을 내밀었다.

할머니의 SNS에는 "우리 농장에선 춤도 춥니다." 멘트와 함께 다 같이 춤을 추는 영상이 올라와 있었다. 스마트폰을 들여다보는 짧은 순간, 좋아요 숫자가 올라갔다.

"경쟁 시대잖아. 특색이 있어야지. 우리만의 비밀 무기! 트위터고 유튜브고 다 퍼 갔어."

내 속도 모르고 할머니는 뿌듯하게 말했다.

사람들 앞에서 춤을 추는 게 편해졌다고 해도 그건 농장 사람들 앞에서였다. 갑작스러웠다. 한동안 잊고 살았던 도망치고 싶은 마음이 스멀스멀 올라왔다. 그때였다.

"저희 춤추러 여기 온 거예요!"

누군가 외치자 춤이 정말 재밌다며, 꼭 한번 같이 추고 싶었다는 말들이 쏟아졌다. 흡족한 미소를 지으며 자세를 잡는 귤 할머니를 보니 이제 정말 다시 춤을 출 수 있을 것 같았다. 어쩐지 눈물이 날 것 같기도, 웃음이 삐져나오려고도 했다. 그때 할머니가 스마트폰을 꺼내더니 음악을 틀었다. 통통 튀는 음들이 흘러나오기 시작했다.

뽑기의 달인

선택과 집중이 중요하다지만, 나로선 집중은커녕 선택조차 쉽지 않았다. 도무지 집중할 수 없는 게 잘못된 선택 때문이었을까. 선택하고 집중하면 해결되는 게 아니라, 제대로 된 선택을 해야만 집중할 수 있는 것 아닐까. 그렇다면 나는 몇 번의 시행착오를 거쳐야 제대로 선택할 수 있을까.

"목수라고?"

"가구 디자이너라니까."

되묻는 이유가 정확한 직종을 알기 위해서가 아니라는 것을 알면서도 나는 굳이 정정했다.

"백팔십?"

기왕이면 이백 채워서 주면 좋겠다고 말하려 했으나, 엄마는 틈을 주지 않았다.

"벌어서 해."

"엄마!"

"엄마 불러 봤자 소용없어. 아빠가 너한테 한 푼도 주지 말랬어. 내가 이 나이까지 눈치 보며 살아야겠니?"

"누가 눈치 보래?"

"자식새끼가 서른다섯까지 놀고먹는데 눈치 안 보게 생겼어?"

"놀고먹긴 누가 놀고먹어. 그리고 내 인생인데, 엄마가 눈치를 왜 봐."

"그러니까 니 인생 니가 알아서 사시라고요."

"뭐가 있어야 알아서 살지. 나라고 좋아서 그래? 이젠 받아 주는 데도 없어."

엄마는 무슨 말을 더 하려다 말고 문을 열고 나갔다. 미치고 팔짝 뛸 노릇이다. 언제부턴가 엄마는 더는 말하고 싶지 않을 때면 자리를 피했다. 차라리 꼴도 보기 싫으니 나가라고 하면 내가 어딜 가냐고 어떻게든 물고 늘어질 텐데, 속셈을 아는 건지, 말이 안 통하니 피하고 말자 싶은 건지, 일말의 여지도 주지 않았다.

평소라면 나 역시 포기했을 테지만 오늘만큼은 곤란했다. 강의를 신청하면서 선금으로 오만 원을 낸 터였다. 오늘까지 등록하지 않으면 오만 원을 홀랑 날려야 했다. 지금 내게 오만 원이면 일주일 아니 이주일도 버틸 수 있는 돈이었다. 곧장 쫓아 나갔지만 엘리베이터 문은 가차 없이 닫혔다. 슬리퍼를 짝짝이로 신은 채 한참을 서 있었지만 1층에 다다른 엘리베이터는 움직이지 않았다.

어릴 때 부모님은 늘 하고 싶은 걸 하고 살라고, 사람은 꿈이 있어야 된다고 말했다. 먹고사는 일을 오직 먹고 살기 위해서만 한다면 삶을 아니 하루를 버티기 위해 가진 에너지를 전부 써야 할지도 모른다고 했다. 하루 종일 하는 일은 반드시 마음에 들어야 하며, 적성에 맞아야 하고, 잘할 수 있는 것이라야 했다. 나는 정말 꾸준히 찾았다. 합창단도 들어가고, 피아노도 배우고, 무용도 배우고, 테니스도 배우고, 그림도 배우고, 글도 배우고. 공부도 해보고. 조금이라도 흥미가 생기면 어떻게든 붙잡으려고 했다.

무모한 일이 아니었다. 나는 늘 가능성이 넘치는 아이였다. 평균보다 조금 빨리, 조금 더 잘하곤 했다. 문제는 끝까지 연결되지 않는다는 거였다. 어른이 되면 다를 줄 알았지만 되레 심해지기만 했다. 때가 되면 올 줄 알았던 일은 저절로 오는 법이 없었고, 애써 부여잡은 것도 놓치기 일쑤였다. 그렇게 포기의 순간은 점점 빨라졌다.

부모님은 내가 실패할 때마다 운이 없었겠거니 하며 한 번 더 믿었고, 친구들은 그래도 너한텐 꿈이 있지 않냐며 위로했다. 누구도 나의 탐색 과정을 비웃지 않았다. 그러다 보니 여기까지 왔다. 어째서 말리지 않았냐고 화를 낼 수도 없다. 그들 탓이 아니니까. 오롯이 내 탓이었다. 그렇다고 내가 나를 어쩔 수 있는 것도 아니다. 미친 듯이 화가 났지만 어디에 화를 내야 할지도 알 수 없었다.

어느새 하나라도 제대로 하라는 말을 듣는 처지가 되었지만 여전히 그 하나가 무엇인지, 당최 있기나 한 건지 모르겠다. 차라리 다행일지도 모른다. 기어코 백팔십을 들여 가구 디자인을 배운다고 한들 인생이 달라진다는 보장도 없다. 뭐라도 해야 하지만 아무것도 안 하는 게 차라리 나을지도 모른다. 어떤 시간들은 경험이 아닌 낭비로 굳어 버리기도 하니까.

오후 세 시, 사람들이 졸음과 싸워 가며 부지런히 움직일 시간, 나는 침대 위에 누웠다. 다용도실 옆에 붙어 있는 내 방은 집에서 가장 해가 들지 않았으므로 커튼을 치지 않아도 어둑했다.

이렇게 살다 보니 햇빛 쬘 가치도 없는 인간이 되어버린 건지, 햇빛을 쬐지 못해 가치 없는 인간이 되어 버린 건지 모르겠다. 어느새 서른다섯이 되었고, 수중엔 십만 원도 없이 부모님 집에 얹혀살고 있다. 아르바이트라도 하려고 사이트를 뒤적거렸지만 서른다섯의 아르바이트생을 뽑아 줄 곳은 적어도 우리 동네에는 없었다. 포기하고 잠이나 자려는 찰나 폰이 울렸다.

재형이었다. 프로그래머인 재형은 불규칙한 생활의 전형을 보여 주는 인간으로 그 때문에 이혼까지 했다. 먹고살 수 있는 방법이 그것밖에 없어 이혼을 막지 못했다며 결혼 따위 다신 하지 않겠다는 남사친이다.

우린 아홉 살 때부터 친구였다. 서로의 첫 연애 상대이기도 했다. 열두 살 때, 8일 동안 사귀면서 어설픈 뽀뽀를 한 번 했고 백 번쯤 싸웠다. 마지막으로 싸웠을 땐 내

가 그 애의 가방을 창밖으로 던져 버렸다. 그 바람에 복
도에서 한 시간 동안 무릎을 꿇고 손을 들고 있어야 했
다. 반성문과 함께 끝난 연애였다. 일찌감치 서로의 성질
머리를 파악하고 줄곧 친구로 지냈다. 서로에게 큰 애정
을 느끼지도, 무심하지도 않게 지루한 시간을 보내곤 했
다. 덕분에 서른다섯의 백수로 부담 없이 만날 수 있는 유
일한 친구였다. 재형이라면 백팔십 정도는 선뜻 내주지
않을까. 당장은 못 갚아도 돈이 생기자마자 갚으면 되지
않을까. 거절해도 웃으면서 넘어갈 수 있지 않을까.

　늘 그렇듯 재형은 전화를 받자마자 용건을 밝혔다.

　"나와. 밥 먹자."

　"돈 좀 있어?"

　"갑자기 돈은 왜."

　"아니다. 됐다."

　"내가 살게. 나와."

　고작 밥 한 끼 얻어먹겠다고 물은 게 아니라고 하기도
전에 재형인 전화를 끊었다. 뭐, 다행이다. 계좌에 남은 돈
이라곤 6,300원. 밥 한 끼도 아슬아슬했다. 아직까지 돈
을 빌려 본 적은 없다. 빚지는 게 싫다기보다는 남한테 아
쉬운 소리를 하는 게 싫었다. 도무지 앞이 보이지 않는 구
질구질한 상황에서도 늘 깨끗하게 차려입고 호탕한 웃음
을 짓곤 했다. 괜찮다는 듯. 별것 아니라는 듯. 곧 잘될 거
라는 듯. 그렇게 너도 나도 속였다. 실제론 돈 좀 달라고

잠옷 차림으로 엘리베이터 앞에서 떼쓰는 처지였지만.

　재형은 오락실 앞 인형뽑기 기계 앞에서 열을 올리고
있었다. 동네 백수는 내가 아니라 그처럼 보였다. 남의 시
선 따위 신경 쓰지 않는 인간이다. 대체적으로 그는 원하
는 것을 얻는 삶을 살았다. S대를 가겠다고 하더니 S대를
갔고, 대기업에 가겠다고 하더니 대기업에 갔고, 회사를
때려치우고 프로그래머가 되겠다고 하더니 프로그래머
가 됐다. 이혼을 하긴 했지만 결혼 역시 별다른 어려움 없
이 했었다. 지루하다고 생각했다. 그의 선택이 안락함에
머물기 위한 안일함처럼 느껴져 한심하게 여길 때도 있었
다. 하지만 지금 이 순간, 그의 삶이 지독하게 부러웠다.
한심하다는 듯 힐끗거리는 시선에 아랑곳하지 않고 인형
뽑기를 할 수 있는 삶, 그러거나 말거나 흔들리지 않는 안
정감이 한없이 탐났다.
　"재밌니?"
　"그냥 하는 거지 뭐."
　인형을 잡는 고리는 고지를 목전에 두고 고의라는 것
을 숨길 필요도 없다는 듯 주둥이를 벌려 인형을 떨어뜨
렸다.
　"이 정도면 사기 아니냐?"
　그는 툴툴거리면서도 또다시 동전을 넣었다.
　인형 하나를 뽑자고 오백 원짜리 동전을 쌓아 두고

있는 그를 보니, 엄마를 졸라 인형뽑기 기계나 하나 사자
고 할까 하는 생각마저 들었다. 매일 밤 기계 안에 가득
담긴 동전을 세면서 진짜 꿈을 찾으면 되지 않을까. 한심
한 생각에 고개를 내저은 뒤에야 움직이는 고리로 시선
을 옮겼다.

"넌 한 달에 얼마 벌어?"

"갑자기 왜? 돈 필요해?"

그의 시선과 손은 여전히 인형뽑기 기계에 머물러 있
었다.

"돈이야 늘 필요한 거고. 그냥 궁금해서."

"돈이야 있다가도 없고, 없다가도 있는 거야. 너무 신
경 쓰지 마."

"그런 건 있는 놈들이나 하는 말이고."

"얼마나 필요한데? 빌려줄게."

순간 혹했으나 퍼뜩 정신을 차렸다. 한 번이 두 번 되
고, 두 번이 세 번 되는 건 금방이니까. 확신도 없이 빚쟁
이까지 될 순 없었다. 빚을 갚을 능력이 있는 자만이 빚쟁
이가 될 자격이 있는 것 아닐까.

"됐어."

"우리 사이에 그 정도도 못해 주겠냐. 말해 봐. 뭔데."

"목공 배우려고 한 거, 엄마가 돈 못 주겠대. 오만 원
만 날렸지 뭐."

"얼만데?"

"됐다니까. 괜히 돈만 더 날리지. 나라도 안 주지. 배운 게 한두 개여야 말이지."

"써먹을 날이 있겠지. 배워 둬서 나쁠 건 없더라. 하고 싶은 거 아냐? 얼만데?"

계속해서 돈을 빌려주겠다며 금액을 묻는 재형을 보고 있자니 정말 하고 싶긴 한 건가 의문이 들었다. 이게 안 되니 저거라도 해야겠다는 생각 아니었나. 하고 싶은 일을 찾는 게 아니라 무능력을 감추기 위해 용쓰고 있는 것 아닐까. 한번 해 볼까 싶던 일들은 늘 할 만한 일이 못 된다는 결론을 내고 끝났다. 고의적으로 고리를 벌리는 기계처럼 나 역시 어느 순간 손을 탁 놓았다. 모두가 제 몫의 인형을 찾아내는 동안 이 인형 저 인형 잡았다 놓길 반복했다. 네 인형보다 훨씬 더 그럴싸하고 큰 인형을 잡겠다고 고집부리는 아이처럼 굴었다. 실은 내가 잡은 인형이 형편없을까 봐, 작고 보잘것없을까 봐 끊임없이 헤맬 뿐이었는데.

"넌 왜 프로그래머가 된 거야?"

"할 줄 아는 게 그것밖에 없으니까."

그의 말과 동시에 인형이 툭 떨어졌다. 재형은 짜증 난다는 듯 기계를 걷어찼다.

그만할 줄 알았는데 재형은 또다시 동전을 넣었다. 요란한 음악이 나오며 커다란 고리가 움직였다. 애초에 너무 커서 인형이 쑥쑥 빠져나갈 것처럼 생겼다. 그는 조금 전에 잡았던 인형이 아니라 끌려오던 인형 때문에 자세를 바꾼 또 다른 인형 위로 고리를 가져다 놓았다. 손을 떼자 고리는 천천히 내려가 인형의 머리를 잡았다. 인형은 머리를 잡힌 채 공중으로 떠올랐다. 재형은 주먹을 불끈 쥐었다.

"내 생각에 말이야. 인생은 인형뽑기 같은 거야. 처음부터 원하는 인형만 공략하는 사람이 있고, 나처럼 될 법한 것만 공략하는 사람도 있는 거지."

말이 끝나기 무섭게 기계는 문 앞에서 인형을 툭 떨어뜨렸다. 재형은 불끈 쥐었던 주먹을 펴고 기계를 내리쳤다. 쌓아 둔 동전이 다 사라진 후였다.

"결국 기계 주인만 좋은 일이지. 너무 우울해하지 마라. 뭐 먹을래?"

그 순간 인형을 뽑아야겠다는 생각이 들었다.

"동전 있어?"

"하게?"

나는 고개를 끄덕였다. 재형은 주머니에서 동전을 꺼내 기계에 넣었다.

잠시 기계 안을 살폈다. 고리가 저절로 움직이기 직전 경고음을 울린 후에야 손을 움직였다.

미키마우스는 얼굴을 파묻고 있었다. 다른 인형들을 보호하기라도 하듯 양팔을 한껏 벌린 상태였다. 원하는 인형을 뽑을 수 없다면 뽑힐 만한 인형을 뽑고 싶었다. 할 수 있는 걸 원하고 싶었다. 원하는 게 되지 않을 때마다 마치 다른 걸 원했다는 듯 재빨리 태도를 바꾸는 데 지쳤다. 나는 곧장 미키마우스로 향했다. 양말과 다리 사이를 꽉 붙든 채 인형을 올렸다. 미키마우스는 저항 없이 올라왔다.

"앞에 와서 떨어질걸. 여기 봐라. 아주 인형 무덤이다 무덤."

아니나 다를까, 고리는 미키마우스가 가여워 죽겠다는 듯 놓아주었다. 그렇게 네 번을 반복하는 동안에도 미키마우스는 나올 생각을 하지 않았다. 짜증이 치밀어 올랐다.

"이 새끼는 돈을 받아먹었으면 일을 해야지. 왜 놓고 지랄이야 지랄이."

"내가 빌려준다니까."

"돈 때문에 그러는 거 아니야."

"또 무슨 일 있어?"

"난 일이 없는 게 문제야."

나는 손을 내밀었다.

"그만하고 밥이나 먹으러 가자. 계속해도 똑같아."

나는 다시 손을 내밀었고, 재형은 할 수 없다는 듯 기계에 돈을 넣었다. 그렇게 한 번, 또 한 번, 미키마우스는 계속해서 미끄러졌다.

"뽑을 때까지 할 거야."

"고집은."

재형은 고개를 저으면서도 더는 말리지 않았다.

나는 미키마우스가 내 운명을 쥐고 있기라도 하듯 잡고 또 잡았다. 마침내 고리가 졌다는 듯 미키마우스를 놓지 않고 비로소 입구 위에서 툭 떨어뜨리는 순간, 미키마우스는 절대 빠져나갈 수 없다는 듯 칸막이 위에 팔을 걸쳤다. 그렇게 미키마우스는 입구 안쪽에 끼여 대롱대롱 매달렸다.

"헐. 아깝다."

기계를 흔들고 발로 차 보았지만 미키마우스는 여전히 야무지게 매달려 있었다.

"그냥 가자. 나 배고파."

이대로 갈 순 없었다. 화가 머리끝까지 났고, 금방이라도 눈물이 터질 것 같았다.

나는 무릎을 꿇었다.

"야, 너 뭐 해."

재형의 기겁에도 불구하고 인형이 나오는 구멍으로 팔을 집어넣었다. 팔꿈치가 까지는 게 느껴졌지만 상관없었다. 조금만 더 뻗으면 잡을 수 있을 것 같았다. 손가락 사이에 들어왔다가 빠져나갔다가 미키마우스는 마치 살아 있기라도 하듯 쉽사리 손에 잡히지 않았다. 얼굴에 피가 쏠리며 화끈거렸다. 마침내 미키마우스의 바지가 검지와 중지 사이에 들어왔다. 나는 있는 힘껏 잡아당겼다.

"야, 피 나잖아."

기어이 미키마우스를 손에 넣었을 땐 팔꿈치에서 피가 흐르고 있었다. 그 따끔함에 웃음이 터져 나왔다.

풍악을 울려라

"인터뷰하러 오시면 됩니다."

우경은 전화를 끊은 후에도 한참 동안 멍하니 앉아 있었다.

비록 예선에 불과했지만 TV 출연 기회를 얻었다. 세 번째 만에 겨우 잡은 기회였다. 오디션 프로그램에 나가기 위해 오디션을 봐야 한다는 게 우습기도 하지만 어쩌겠는가. 모든 일에는 절차가 있는 법이다. 세상의 절차가 그렇다면 따르는 수밖에.

괜찮아.

오디션에서 부른 노래는 베란다 프로젝트의 '괜찮아'였다. 제발 괜찮길 바라며 부른 노래였다. 어느 순간부터 우경은 전혀 괜찮지 않았다.

가수가 되겠다고 십 년을 버텼다. 어느새 아이돌로 데뷔하기엔 늙었고, 그렇다고 싱어송라이터가 되기엔 실력이 부족했다. 어디에도 설 곳이 없었다. 힘이 나지 않았고, 할 수 없을 것 같았다. 공사판에 나가 벽돌이라도 지고 싶었지만 말라빠져서 곤란하다는 말만 들었다. 조심스럽지만 여자가 하기엔 힘든 일이라고 덧붙이기도 했다. 그럼 식당에서 설거지라도 하자 했더니 그러기엔 너무 젊어서 믿음이 가지 않는다고 했다. 여기서도 저기서도 받아주지 않았다. 모든 게 늦고 모든 게 일렀다. 도전할 수밖에 없어서 도전했고, 버틸 수밖에 없어서 버텼다. 그렇게 버티다 보니 기회가 왔다. 울컥했지만 흘러나오려는 눈물을 애써 참았다. 아직은 울 때가 아니다. 우경은 정상에 서는 순간 울겠다고 스스로를 달랬다. 마지막에 화려하게 울자, 다짐하며 잠들었다.

인터뷰는 방송국 스튜디오에서 진행되었다.

얼핏 봐도 우경이 살고 있는 원룸의 네 배가 넘는 공간이었지만 인터뷰는 한쪽 구석에서 진행되었다. 프로그램명이 적힌 가벽과 다소 불편해 보이는 플라스틱 의자가 전부였다. 눈이 아플 정도로 밝은 조명이 의자를 비췄다.

우경은 호흡을 가다듬었다. 세 대의 카메라가 우경을 향했고, 그 앞에 작가와 감독이 자리 잡았다. 그 뒤로는 스태프들이 둘러싸고 있었다. 편하게 하라고 했지만 카메라 앞에 있으니 진땀이 흘렀다.

"최연장자세요."

우경은 어색하게 웃었다. 피디는 재밌다는 듯 물었다.

"놀라셨어요?"

"놀란 건 아닌데, 나이가 제일 많을 줄은 몰랐어요."

"최연소 합격자는 열넷, 최연장자는 서른넷, 기대가 큽니다."

무슨 뜻일까. 세대 차이라도 보여 줘야 하는 걸까.

우경은 어쩐지 마뜩잖은 기분이었지만 서른넷의 나이를 받아 줄 곳이 여기밖에 없다는 것을 잘 알고 있었다. 현실 파악이라면 이골이 날 정도였으니까.

"감사합니다."

"뭐가요?"

"기회 주신 거요."

"우리가 기회를 준 게 아니라 우경 씨가 기회를 잡은 거죠. 선곡이 좋았어요. 잔잔하게 부르는데도 울림이 있었어요. 진정성이 느껴졌다고 할까요? 그래서 선택하신 건가요?"

"……네."

"잠깐만요."

작가가 끼어들었다.

"질문보다 길게 대답해 주세요. 그래야 저희도 방송을 하죠."

우경이 미처 대답하기도 전에 피디가 다시 끼어들었다.

"처음이라 긴장돼서 그러지, 왜 타박을 하고 그래. 우경 씨 주눅 들 거 없어요. 어떻게 온 기횐데, 얼마나 긴장되겠어. 그냥 편하게 해요. 편하게."

긴장되는 게 아니라 딱히 할 말이 없는 거였다. 작가는 한숨을 짧게 내쉬었다.

"타박이 아니라 생각해서 하는 말이죠. 아직도 삐졌

어요?"

"아니 잠깐, 지금 그 말이 왜 나와? 내가 사적인 감정 때문에 프로그램 망치기라도 한다는 거야? 아니면 갑질이라도 한다는 거야?"

"그 말이 아니잖아요. 왜 급발진을 하고 그래요?"

"급발진이라니, 이작가가 무슨 악플러야? 왜 말을 함부로 해?"

싸늘하게 굳은 분위기에 우경은 어쩔 줄 몰랐다. 스태프들은 늘 일어나는 일인 듯 제 할 일을 했다. 눈이 마주친 카메라 감독에게 어색한 미소를 지어 보였지만 그는 관심 없다는 듯 카메라로 눈길을 돌렸다.

오디션 분위기가 원래 이런 건가. 아니면 내 반응을 보려고?

"이거 몰래카메라인가요?"

우경의 한마디에 감독과 작가는 멀뚱히 쳐다보더니 웃음을 빵 터뜨렸다.

"우경 씨가 스타예요? 몰래카메라를 하게."

"방송 욕심 있으시네. 봐, 잘하잖아. 사람 괜히 긴장되게 쏘아붙이고 말이야."

감독은 작가가 받아치기도 전에 다시 우경을 보며 말했다.

"방송 타고 우경 씨가 잘되면 할 수도 있죠. 아직은 아니고. 우리가 좀 전에 점심 먹다 살짝 의견 충돌이 있었는데, 이작가가 아직 앙금이 남았나 봐. 원래 이 바닥 사람들이 다 기가 세. 긴장 풀어요. 우경 씨도 얼른 익숙해져야지."

"아니 무슨 기가 세다고 그래요? 여자는 말만 하면 기 세다고 난리지. 남자는 기가 없어서 매번 꼬투리나 잡고 그러는 거예요?"

"누가 꼬투리를 잡았다고 그래. 그리고 여기서 남자 여자가 왜 나와? 이 바닥에 여자만 있나?"

"그런 뜻으로 말한 게 아니라고요?"

"무슨 말을 못 하겠네. 말을 안 해도 뭐라 하고, 해도 뭐라 하고, 뭐 어쩌라는 거야."

"아 됐어요, 됐고, 촬영이나 하죠."

"잠깐 쉬었다 하죠."

감독이 팽 하고 나가자 작가는 저 쫌생이, 하며 따라 나갔다. 결국 우경은 혼자 덩그러니 스튜디오에 남았다. 따라 나가자니 이상하고, 그렇다고 가만 앉아 있자니 불편해 죽을 것 같았다. 제대로 된 오디션에 참가하기도 전에 오디션을 보고 있는 기분이었다. 대체 뭐 하자는 건지. 당장 나가고 싶었지만 이 자리에 진정한 을은 오직 우경뿐이었다. 무슨 일이 있어도 카메라 앞을 떠나선 곤란했다.

뻘쭘하긴 했지만 못 참을 정도는 아니다. 한번은 오디션에 갔다가 코로 노래를 부르는 거냐며 콧구멍을 좁히는 수술을 권유받기도 했다. 기획사 사장 한마디에 성형

외과까지 갔더니 의사가 이상한 눈빛으로 쳐다보았다. 노래 부를 때가 문제라면 콧구멍을 벌렁거리지 않는 연습을 해 보라는 충고를 듣고 병원을 나왔다. 무쌍이 유행이니 쌍꺼풀을 없애라거나 살을 빼야겠다며 식단 조절이 힘들면 방수복을 입어 보라는 소리도 들어 봤다. 이제껏 당한 모욕을 하나하나 되짚어 보니 지들끼리 싸우는 것쯤이야 대수롭지 않게 느껴졌다.

두 사람이 돌아온 후에도 인터뷰는 한참 동안 진행되지 않았다. 두 사람은 시답잖은 말싸움을 한참 이어 나갔다. 한숨이 절로 나왔다. 이 사람들과 한 달 동안 잘 지내야 한다니.

힘들면 내려와서 농사를 돕는 게 어떠냐는 엄마 말이 떠오르자 정신이 확 들었다. 이 정도로 나약한 인간이었던가. 시작도 하기 전에 이러면 어떡하나. 적어도 지금만큼은 패기가 넘쳐야 되는 것 아닌가. 우경은 재빨리 자세를 고쳐 잡고 집중했다.

인터뷰는 어렵지 않았다. 딱히 감춰야 할 것도 없고, 딱히 내세울 만한 것도 없었다.

"심심한데."

감독이 작가를 보며 말하자 작가 역시 안 되겠다는 듯 고개를 저었다. 조금 전까지 서로 못 잡아먹어서 안달이더니, 눈앞에 적을 두고 동맹을 맺는 꼴이었다.

"부모님은 두 분 다 계세요?"

"네."

"흠. 부모님은 뭐 하세요?"

"농사지으세요."

"시골에서 뒷바라지하느라 힘드셨겠어요."

"작년에 귀농하셨어요."

"그전에는 뭐 하셨어요?"

"두 분 다 선생님이셨어요."

"가수 되겠다고 했을 때 반대가 심했겠어요. 보통 선생님들이 자식 교육에 엄청 열 올리지 않나?"

"마음대로 안 되는 게 자식이라고, 어렸을 때부터 딱히 신경 안 쓰셨어요."

"서른넷 먹도록 가수 되겠다고 버티는데 반대 안 하세요?"

"싫어하시죠."

"그냥 보통 수준으로?"

두 사람의 얼굴엔 짜증이 역력했다. 어째서 준비해온 노래를 부르기도 전에 호구조사부터 하는 건지, 무례하기 짝이 없었지만 짜증을 낼 순 없었다. 세상은 예상한 대로 흘러가는 게 아니었다. 하지만 걷잡을 수 없을 정도로 휘몰아칠 줄은 몰랐다. 질문은 점점 더 불쾌해졌다.

"결혼한 적은 없고요?"

"네."

"연인에게 버려졌다거나."

"헤어지는 게 다 똑같죠 뭐."

깊은 한숨을 내쉬고는 감독이 말했다.

"우경 씨, 우경 씨가 티 없이 자라고 고생 안 해 본 건 알겠는데, 이러면 안 돼. 스토리가 없잖아. 우경 씨, 방송에선 스토리가 중요해요."

"스토리가 없는 건 아닌데……"

"쓸 만한 스토리가 있어야지. 서른넷 먹을 때까지 꿈이나 좇는데, 사연 하나 없다고 하면 베짱이랑 다를 게 뭐가 있어. 시청자는 만만하지 않아요. 그런 사람을 왜 응원해 주겠어? 카메라에 한번 잡히는 게 쉬운 일이 아니야. 이러면 서로한테 시간 낭비라니까."

쓸 만한 스토리라는 건 질릴 정도로 봐 온 구닥다리 신파를 말하는 것일까.

"거짓말하라는 말씀이세요?"

"답답하네. 거짓말을 하라는 게 아니라, 우경 씨가 얼마나 간절한지 보여 주잔 말이야. 쉽지 않았을 거 아니야. 그럼 그걸 보여 줘야지. 조미료 좀 넣는다고 된장이 된장 아닌 게 되나. 우리가 우경 씨보고 다른 사람이 되라고 하는 게 아니잖아. 그냥 좀 더 잘 보이자는 거지."

우경은 말문이 막혔다. 이해가 안 되면서도 어쩔 수 없는 건가 싶었다. 어쨌거나 방송 아닌가. 카메라에 잡히지 않는다면 아무리 잘해도 소용없을 터였다. 한참을 망설이다 오디션에 대한 기억을 늘어놓았다. 반도 말하지 못했는데 피디가 말을 끊었다.

"아니, 그런 거 말고 개인사 없어?"

"오디션도 개인사인데……"

"우경 씨, 이번에 잘해서 기획사 들어가야 되잖아. 아무리 이름 없는 기획사라고 해도 이 바닥 다 거기서 거긴데, 기획사 욕만 늘어놓는 사람을 누가 좋아하겠어. 시작부터 눈 밖에 나서 좋을 게 뭐가 있어."

"그것 말고는 딱히 없는데요."

감독과 작가는 동시에 한숨을 내쉬었다.

그렇다고 없는 스토리를 만들 순 없지 않느냐고 묻기도 전에, 그들은 없는 스토리를 지어내기 시작했다.

"부모님 사업이 망해서 귀농한 걸로 하면 어때요? 기울어진 가세에도 포기할 수 없었던 꿈, 이번에 꼭 성공해서 집안을 일으키겠다는 포부, 괜찮지 않아요? 올드하긴 해도 매번 통하거든요."

"선생님이셨는데……"

"그래 그건 나중에 말이 나올 수도 있지. 어렸을 때 억압당하면서 살았던 걸로 가는 게 낫지 않겠어? 겉보기에는 더없이 나긋한 부모님이 집에만 오면 폭력적으로 변했고, 슬픔을 이겨 내기 위해 음악을 찾았다. 그래서 다른 꿈은 꿀 수도 없었다."

우경은 기가 막혔다.

"우경 씨, 잘 생각해요. 이 자리에 오고 싶어 하는 사람이 한둘이 아니에요. 주변 사람들한테는 그냥 다 방송

일 뿐이라고 하면 되잖아. 어려울 거 없어. 부모님 얼굴은 어차피 공개 안 할 거고."

당연히 거절해야 마땅했지만 박차고 나갈 용기가 없었다.

말도 안 된다는 것도, 부당하다는 것도 알았지만 동시에 다시 오지 않을 기회이기도 했다. 어디에도 속하지 못했던 나이를 좋게 포장해 써먹을 때가 온 것 아닌가. 부모님에겐 싹싹 빌면 되지 않을까. 어쩔 수 없었다고. 좋아서 한 게 아니라고. 소문 같은 건 금방 없어진다고 하면 되지 않을까. 그런 마음을 눈치챈 듯 작가가 재빨리 대본을 건넸다.

"준비하신 거예요?"

"준비하는 게 저희 일이잖아요. 십 분 드릴게요. 외울 수 있죠?"

대본이라고 해 봐야 별것 없었다. (글썽이며) (결국 소리 내 운다) 같은 지문이 빼곡했다. 아빠는 술을 좋아했고, 술만 마시면 돌변해 부부싸움을 일삼았다. 싸우는 소리가 듣기 싫어 헤드폰을 끼고 노래를 들었다. 고등학생이 되자 화살이 나에게도 날아왔고, 그 때문에 집을 나갔다가 돈을 벌기 위해 버스킹을 시작했다는 거였다.

어처구니가 없었다. 순식간에 가정 폭력의 피해자가 된 것도, 버스킹을 해 번 돈으로 햄버거를 사 먹으며 배를 채웠다는 것도 우스웠다. 그러면서도 허술하기 짝이 없는 스토리를 달달 외웠다.

문제는 거짓말이 아니었다. 눈물이 나지 않았다. 열두 번째 NG를 냈을 때였다.

"우경 씨, 감정 없어? 왜 울지를 못해?"

"안약을 좀 넣을까요?"

"요즘이 어떤 시댄데 안약을 넣어요. 조작 방송 소리 들을 일 있어? 아니, 어린애들도 잘만 우는데, 서른넷이나 먹고 왜 울지를 못해."

울어야 마땅한 그때, 우경은 삐져나오는 웃음을 참을 수가 없었다.

설마설마했더니 가정사까지 조작하려 들 줄이야. 표 좀 얻어 보겠다고 전 국민을 상대로 사기를 치겠다니. 가수가 되고 싶을 뿐인데 사기꾼이 되어야 한다니. 노래를 못한다고, 춤을 못 춘다고 욕먹는 게 아니라 못 운다고 욕을 먹다니. 비로소 때려치워야겠다는 생각이 들었다. 어떻게든 원하는 바를 쟁취하는 사람이 있는 반면 어떤 식으로는 원하는 바를 쟁취하지 않겠다는 사람도 있는 것이다. 우경은 후자였다. 거짓과 모욕으로 점철된 일이라면, 그렇게만 얻을 수 있는 일이라면 포기하는 것이 옳았다.

"못 하겠어요."

결국 두 손 들고 일어서는데, 눈물이 왈칵 쏟아졌다. 순간 다리에 힘이 풀려 주저앉았다. 주저앉고 보니 엉엉 우는 것보다 쉬운 게 없었다.

끝이라 생각한 순간 이상한 일이 벌어졌다. 감독과 작가는 신나게 카메라를 돌렸다, 끝내 못 하겠다고는 했지만 거짓말을 하지 않은 건 아니었다. 어떻게 편집될지는 알 수 없었지만 어떤 모습으로 방송에 나갈지는 알 것 같기도 했다. 눈물이 멈추지 않았다.

이모티콘의 여왕

이별에도 예의가 있다지만 애석하게도 나는 예의 있는 이별을 겪어 본 적이 없다. 첫 남친은 세이클럽 쪽지로 이별을 통보했다. 두 번째 남친은 콜렉트콜로 "다시는 전화 걸 일이 없을 거"라고 했다. 세 번째 남친 역시 전화로 이별을 고했는데, 일주년 기념일에 당구공 소리를 배경 삼아 만나기 곤란하다고 소리쳤다. 네 번째 남친은 구구절절한 문자를 보냈고, 다섯 번째 남친은 번호를 바꿨다. 물론 모든 이별이 갑작스럽게 일어난 건 아니다. 나 역시 관계가 끝났다는 것쯤은 알고 있었다. 다만 마주 보고 예의를 차려 치러야 하는 일이라고 믿은 덕분에 선수를 빼앗겼을 뿐이다.

　　현대 사회에서 예의를 차리다 보면 바보가 된다. 이번만큼은 절대 허락하지 않을 생각이다. 그 유명한 '카톡으로 이별을 고하는 나쁜 년'이 되고 말리라, 나는 결심했다. 그렇게 결심한 게 무려 백 일 전이다.

　　새 이모티콘을 만들었다.

　　매일 밤 메시지를 보내지 못하고 혼자 끼적이던 그림이 이모티콘으로 나왔다. 괴로움을 승화시키는 최고의 방법은 수익 창출이다. 이별의 아픔이 가사가 되고 소설이 되듯 차마 말하지 못한 진심이 이모티콘이 되었다. 이모티콘은 출시 반나절 만에 7위로 뛰어오르는 기염을 토했다. 다들 막돼먹은 이별에 굶주리고 있었던 걸까. 그런데 어째서 하나도 기쁘지 않은 걸까. 아직 미련이 남은 걸까.

"뭘 그렇게 보고 있어?"

건희는 피곤한 기색이었다. 와이셔츠는 땀에 절어 있고, 바지 역시 구깃구깃했다. 그는 퇴근 후 애써 만나려 하면서도 지친 기색을 숨기지 않았다. 그런 점이 나를 더 지긋지긋하게 만들었다.

"새로 출시한 이모티콘."

"그래? 잘됐네."

그는 손을 뻗어 내 앞에 있는 커피를 들이켰다. 그것 역시 나를 짜증 나게 만든다. 물론 가장 짜증 나는 건 바로 다음에 나올 말이다.

"웹툰은?"

대답 없이 그를 빤히 쳐다보았다. 그는 그럴 줄 알았다는 듯 제 할 말을 했다.

"이모티콘도 좋지만 웹툰에 좀 더 신경 써야 하는 거 아냐?"

"먹고는 살아야지."

"먹고사는 것만 생각하다 꿈은 언제 이뤄. 당장 굶어 죽는 것도 아니잖아."

당장 굶어 죽지 않는다고 괜찮은 게 아니라는 걸 그는 언제쯤 알게 될까. 돈에 허덕이는 게 얼마나 구질구질한 일인지 겪어 보지 않은 사람은 모른다. 나 역시 웹툰 작가를 꿈꾸며 회사를 관두기 전까진 그깟 돈, 없이도 사는 줄 알았다. 돈을 쫓지 말자는 결심은 돈에 쫓기는 사이 사라졌고, 한 번 사는 인생 하고 싶은 일을 해야 한다는 말은 복에 겨운 말이 돼 버렸다. 꿈을 이룬 이들의 말에 비아냥거리고 싶어졌고, 꿈을 꾸지 않는 이들의 말은 무시하고 싶어졌다. 할 말은 점점 더 많아졌지만 할 수 있는 말은 점점 줄었다.

줄곧 도전해도 가망이 안 보이는 웹툰과 달리 이모티콘은 만들기만 하면 잘 나갔다. 나도 웹툰이 그리고 싶고, 내 웹툰이 받아들여지길 바라지만 안 되는 걸 하자고 되는 걸 놓는 것은 쉽지 않았다. 건희는 여전히 내가 꿈을 이루길 바랐지만, 진심 어린 응원이라고 부담이 안 되는 건 아니다. 차라리 때려치우라고 했다면 이별까지 결심하지는 않았을지도 모른다. 선의가 비수가 되어 꽂혔다. 꿈을 이루지 못하는 것에 대한 부채감을 가진 지 오래였다. 꿈을 이룰 수 없으니 헤어지겠다고 하면 우스울까.

"너한테만 하루가 48시간인 것도 아니고, 원하는 게 있으면 포기할 줄도 알아야지. 모험하지 않으면 못 얻을 거야."

"그래. 난 못 할 거야."

"그런 뜻이 아니잖아."

"그런 뜻이 아니면 뭔데?"

"넌 무슨 말만 하면 싸우려 들더라."

그런가. 내가 문제인가. 모든 말을 지적으로 오해하는 내가 문제인 건가. 숨겨진 뜻은 외면하고 문자 그대로 받아들인 내가 잘못한 건가. 헤어지고 싶어도 헤어지자고 하지 못하는 내가, 그 현실이 팍팍해서 이모티콘이나 만든 내가 나쁜 년인 걸까.

아무 말도 하지 않자 건희는 괜스레 말을 돌렸다.

"보여 줘."

"뭘?"

"이모티콘 새로 출시했다며."

이야기의 끝을 보지 않는 것, 깊이 들어가려 할 때쯤 서둘러 빠져나오는 것. 우리의 대화 방식은 이런 식이었다. 때마다 말을 돌리는 게 짜증이 나면서도 나 역시 원래의 주제로 다시 돌아가려 하지 않았다. 차마 말할 수 없었다. 더는 꿈꿀 자신이 없다고. 그렇다고 재능이 없다는 걸 인정하기도 힘들다고. 그러니 나는 멀리 도망치겠다고. 한때 꿈꿨던 사실을 온전히 기억하고 있는 너와 더는 함께할 수 없다고. 변치 않는 네 믿음이 버겁다고.

카톡창을 열고 그에게 이모티콘을 보냈다.

'우린 너무 안 통해'

"귀엽네."

'이쯤에서 끝내자'

"아이디어 좋네. 요즘 카톡 이별이 대세라던데. 진짜 사회가 어떻게 되려는 건지……."

'헤어지는 마당에 굳이 예의 차릴 것 없잖아'

그는 허탈하게 웃었다.

편집자에게 마지막으로 들은 말이 "예의는 지키고 싶었는데"였다. 그는 내게 웹툰 작가로서의 재능이 없다고 했다. 그림이 서너 컷 붙어 있다고 되는 게 아니라고. 찰나의 번뜩임만으로는 전개가 안 된다고. 붙잡고 있을 무언가가 전혀 보이지 않는다고. 노력하는 것 같긴 한데 늘어지고 또 늘어질 뿐이라고. 지금 이 순간 그 말이 떠오르는 건 우리 관계 역시 늘어지고 또 늘어지고 있기 때문일 거다.

건희는 자세를 고쳐 앉았다.

"넌 아니라고 하지만, 확실히 재능 있어. 이모티콘에서도 스토리를 뽑아내잖아. 지금은 지쳐서 그렇지, 조금만 더 해 보면 웹툰도 금방 터질 거야. 내 여자친구라서 하는 말이 아니라 진짜야."

더는 그의 말을 참아 줄 수가 없었다.

나도 그에게 예의를 지키고 싶었다. 한결같이 내 꿈을 응원하고, 할 수 있다고 믿는 마음을 존중하고 싶다. 어떻게 존중해야 하는 건지 방법을 모를 뿐이다.

나는 일어났다.

"가게?"

"나만."

"또 왜 그러냐. 나 오늘 진짜 피곤했어."

"그거 너 위해서 만든 거야."

"뭐?"

"내가 하고 싶은 말이라고."

그제야 그는 할 말을 잃었다는 듯 입을 다물었다.

완벽한 절망

무리였을까요.

새파란 벽을 원했어요. 촌스러워 보일 정도로 선명한 파란색.

인터넷을 아무리 살펴도 못 찾아서 발품까지 팔았죠. 동대문을 샅샅이 뒤져 겨우 찾았어요. 장사가 되나 걱정될 정도로 후미진 곳이었죠. 사장님은 뭣 하러 이런 걸 사냐고 묻더군요. "좋은 제품도 많은데, 냄새도 안 나고 번지지도 않고. 이런 건 사이트에도 못 올라가요. 괜히 팔았다가 안 좋은 후기만 달리니까." 그래도 사겠다는 저를 보며 도무지 이해가 안 된다는 표정을 지으시더라고요.

작가님은 그런 경험 없으세요?

누구도 원하지 않는 걸 절실히 원하는 것. 사실 내가 원하는 걸 다른 사람들이 원치 않을 뿐인데, 어딘가 잘못된 사람이 되어 버린 기분을 느껴 본 적 없으세요? 엄청난 할인가로 페인트를 사서 나오는데, 어쩐지 외로운 기분이 들더군요.

솔직히 좀 놀랐어요. 꿈에 다가선 청춘들이라는 기획에 제가 어울리긴 하나요? 사정 다 듣고 나서도 인터뷰를 하고 싶다고 하실 줄은 몰랐어요. 결혼이 꿈인 여자 이야기를 듣고 싶어 하는 사람이 정말 있을까요?

누구도 제가 꿈에 다가섰다고 생각하지 않을걸요. 아직도 구시대적인 발상을 하는 멍청이로 보겠죠. 계몽 대상이라고 생각하거나. 그래서 작가님이 궁금해졌어요. 진심으로 내 꿈을 존중하는 걸까. 여전히 허망한 꿈을 꾸는 사람이 있다고 말하고 싶은 걸까. 내 모든 말을 비웃으며 뒤통수를 치는 건 아닐까. 의심하는 건 아니에요. 보이는 대로 들리는 대로 믿으면 편하니까요. 설령 제 바람대로 흘러가지 않는다 해도, 그건 제 몫이 아니겠죠.

집이 좀 어수선해요. 업체에 맡기기보다 제 손으로 하고 싶었어요. 결혼 전에 끝낼 수 있을까 걱정이 많았는데, 이젠 그럴 필요도 없어졌죠. 이상하죠. 시간은 많아졌는데, 갈피를 잃었어요. 이걸 다 어쩌나 싶기도 하고, 새 아파트로 갈 걸 그랬나 싶기도 하고. 무리이긴 해도 불가능한 일은 아니었어요. 그 사람은 새 아파트를 더 원하기도 했고요. 근데 전 싫더라고요. 좁고 답답하고, 세련된 새장처럼 느껴져서. 새 집처럼 만들어 주겠다고 직장도 그만뒀죠. 인테리어 때문만은 아니에요. 어차피 그만둘 거 조금 당겼을 뿐이죠.

커피 한 잔 하실래요?

그 사람이 커피를 하는 사람이라 그런지, 공사 시작도 전에 커피 머신부터 갖다 놨거든요. 열정적인 사람이에요. 카페 매니저와 프리랜서 디자이너를 겸했죠. 언젠가 작업실 겸 카페를 차리는 게 꿈인 사람이에요. 빡빡한 스케줄에도 투덜대는 걸 본 적이 없어요.

일 때문에 만난 사이에요. 같이 일하다 보니 괜찮다 느꼈고, 연애로 발전했어요. 자주 만나긴 힘들었지만 만날 때면 늘 에너지가 넘쳤죠. 어떻게든 시간을 만회하려고 했어요. 결혼 준비할 때도 제가 하는 일이 더 많아서 많이 미안해했죠.

그래도 연애할 때보단 나았어요. 심지어 저도 광고 회사에 다녔으니까. 야근이 일상이었죠. 외국계건 대기업이건 마찬가지예요. 게다가 전 회사에서 인정까지 받았으니 오죽했겠어요. 인정받는다는 건 심신을 갈아 넣어야만 가능한 일이잖아요. 여유 부리면서 인정받는다? 환상이죠. 외국이라고 다르겠어요? 그런 면에서 전 현실적인 편이에요. 사람 사는 데 다 비슷하기 마련이죠. 워라밸, 그런 게 정말 가능하긴 할까, 회의감이 들어요. 결국엔 하나를 포기해야만 하는 것 아닌가.

사직서를 냈을 때, 다들 제가 로또라도 된 것처럼 떠들더군요. 그 사람을 카페 매니저가 아니라 카페 사장이라고 여겼어요. 집도 가게도 시댁에서 해 줬다고, 심지어 건물주 아들이라고, 걱정 없이 여행이나 다니는 남자라는 소문이 돌았어요. 여행이 아니라 출장이라고, 부자는 커녕 빠듯하게 살아야 한다고 일일이 말하고 다닐 순 없었어요. 그 사람 팔로워가 꽤 되거든요. 루머 때문에 환상을 없앨 수는 없잖아요. 루머라고 하니 좀 웃기네요. 루머 같은 건 연예인한테나 있는 줄 알았는데, 요즘엔 연예인이 아니어도 마찬가지더라고요. 몇천 명이 나를 안다고 착각하게 되는 순간부터 내가 모르는 곳에서 나에 대한 말들이 떠다니기 시작해요. 제가 일을 관두고 살림을 하겠다고 하는 게 대단히 팔자 좋은 소리가 되고 마는 것처럼요. 굳이 오해를 바로잡진 않았어요. 오해를 바로잡을 뿐인데 변명처럼 보이는 건 싫었거든요. 진실이 진실이기 때문에 의미를 지니던 시절은 지난 것 같아요. 모두가 자신만의 진실을 증명하기 위해 애쓸 뿐이죠. 어떤 말을 해도 소문이 바로잡히진 않았을 거예요.

커피 맛은 괜찮나요? 그 사람이 베를린에서 사 온 원두예요. 무슨 대회에서 우승한 원두라고 하던데. 두 시간 넘게 기다려서 겨우 샀다고. 부담 갖지 마세요. 마시려고 사 온 건데요.

사실 저도 커피 맛은 잘 몰라요. 그 사람이 아쉬워한 부분이죠. 그 사람은 일과 삶이 하나가 되길 바랐어요. 함께 스튜디오를 차린 부부를 부러워하곤 했죠. 우리도 같이 일한 사이니까, 언젠가 그렇게 될 수 있을 거라 믿기도 했고요.

주부로 살고 싶은 건 일이 싫어서가 아니에요. 일이 힘들긴 했죠. 더럽고 치사한 꼴 보는 것도 허다하고, 애

쓰면 애쓸수록 바보 되는 것 같기도 하고. 그래도 전 잘 풀렸잖아요. 인정도 받고, 수입도 나쁘지 않고. 롤모델이라고 말해 주는 사람도 있었고요. 그런데 왜 그만뒀냐고요? 전 그 말이 정말 재밌어요. 그만두면 안 되나요? 퇴사하고 여행하는 건 괜찮고, 결혼하는 건 이상한 건가요? 기회가 생기면 얼마든지 그렇게 할 사람의 눈에도 경멸의 빛이 스며들어 있었어요. 청첩장을 건넸을 때 가장 많이 본 눈빛이기도 하죠. 속상하긴 했지만 화가 나진 않았어요. 비로소 제가 원하던 삶에 다가간 거였으니까요. 상관없었죠.

이제껏 살면서 가장 행복해 보였던 사람이 누군지 아세요?

저희 아빠예요. 한철규 씨로 말할 것 같으면 무능한 셔터맨이었죠. 마누라 등골 빼먹고 살면서도 웃음을 잃지 않는 남자. 한평생을 지독한 놈팡이로 산 남자. 매끈한 얼굴로 순진무구한 처녀를 꼬셨다고 온갖 안 좋은 말은 다 듣고 살았던 사람이죠. 의사 부인을 만나서 집안일만 하고 살았으니까요. 아빠 앞에 따라붙는 거지 같은 수식어들을 아빠도 알고 있었어요. 알면서도 전혀 개의치 않았죠.

개의치 않는다는 것. 별거 아닌 것처럼 보이지만 그보다 어려운 일이 없죠. 알코올 중독이니 주먹을 휘두르니 말이 많았지만 우리 집에선 큰 소리 한번 안 났어요. 어쩌다 큰 소리가 날 때면 너무 크게 웃어서 그런 거였죠. TV 앞에 둘러앉아서 예능 프로그램 보는 걸 좋아했거든요.

그럴 땐 누가 더 크게 웃나 시합하는 거죠. 그러다 보면 어떻게든 웃으려고 애쓰게 되는데, 웃다 보면 웃는다는 그 자체가 웃기기 시작해요. 나중엔 주체할 수 없을 정도로 웃게 되죠. 아빠가 돌아가신 후로는 그렇게 웃어본 적이 없어요. 엄마도 저도 아빠 없이 그 놀이를 할 자신이 없었으니까요. 어마어마한 비타민이셨죠.

집은 늘 깨끗했어요. 양말 한번 떨어진 적이 없었죠. 집에는 늘 좋은 냄새가 났고, 음식은 한결같이 맛있었어요. 조금만 지겨워해도 요리책을 펴고 새로운 요리를 해주셨죠. 집 안엔 클래식 음악이 흘러나오고 커피 향이 은은하게 풍겼고요.

아빠는 베짱이가 아니라 부지런한 개미였어요. 엄마의 수술이 길어질 때면 병원 주차장에서 엄마를 기다렸어요. 덕분에 저도 어두운 불빛 아래서 숙제를 하던 날이 많았죠. 투정 부려도 타박 한번 안 하셨어요. 어떻게든 저를 웃기려고 하셨죠.

철들고 아빠한테 뭐가 되고 싶었냐고 물은 적이 있어요. 무슨 일을 실패한 걸까. 시인이 되고 싶었던 걸까. 소설가가 되고 싶었던 걸까. 그런 게 아니라면 어디에도 취업할 수 없는 범죄 이력이 있나.

아빠는 주부가 좋다고 했어요. 더 바랄 게 없이 원하

던 삶을 가졌다고요. 물론 저도 백 퍼센트 믿었던 건 아니에요.

혹시 제 책 읽어 보셨나요? 무엇이 되지 않아도 괜찮아? 아빠에게 묻고 싶은 말이었어요. 우연히 책 출판을 제안받고 가장 먼저 떠오른 주제였어요. 아빠 때문에 행복했지만 한편으로는 늘 궁금했거든요. 아빠는 정말 괜찮은 걸까. 행복해서 웃는 걸까. 행복하다고 믿고 싶어서 웃는 걸까. 책이 나오고, 그 책으로 대화를 하면서 깨달았어요. 아빠는 무엇이 되지 않아도 괜찮았던 게 아니라 이미 무엇이 되었다는 걸요. 저 역시 다른 사람들과 마찬가지로 집안일을 원했다는 것만으로 아빠의 꿈을 깎아내리고 있었단 걸요. 그 어떤 삶보다도 완벽했던 삶을 저조차 폄하하고 있었던 거죠. 그러니까 사람들의 반응이 이해가 안 되는 건 아니에요.

세상엔 쉬이 받아들일 수 없는 행복이 있는 법이죠.

전 행복을 아는 사람이고, 자신의 행복을 위해선 사람들의 말을 무시할 줄 알아야 된다는 것도 알고 있었어요. 행복을 찾는 안목도 있다고 여겼고요. 아빠가 엄마를 찾은 것처럼 나 역시 그 사람을 찾은 거라고. 그러니까 당연히 잘하고 있다고 생각했어요. 그 사람이 백 퍼센트 받아들이지 못했다는 것을 너무 늦게 깨달았을 뿐이죠.

인테리어는 계속해야죠. 살긴 살아야 하니까요.

그 사람 집이 아니에요. 시댁, 그러니까 시댁이 될 뻔한 집에서 해 준 것도 아니고요. 이 집은 제 집이에요. 제가 모은 돈과 제가 받은 대출로 구입한 집이죠. 제 능력에 살짝 무리일 수도 있겠지만 터무니없는 수준까지는 아니었어요. 순조로웠어요. 그 사람이 언제까지 쉴 거냐고 묻기 전까진.

당연히 계속 쉴 거라고 했죠. 쉰다는 말이 거슬렸어요. 쉬는 게 아니니까. 굳이 따지고 싶지 않아서 말았죠. 그 사람은 고개를 끄덕였어요. 회사를 안 간다는 것쯤은 자기도 알고 있다고. 다음 책이 뭐가 될지 궁금하다고 말이에요. 다음 책은 없다고 했어요. 일기라면 모를까 머리를 쥐어짜며 글을 쓰고 싶진 않다고.

그제야 그가 저를 빤히 보더군요. 그럼 아무것도 안 하겠다는 거냐고 물었어요. 그때부터 싸우기 시작한 거죠. 그 사람이 그러더라고요. 돈을 못 버는 건 괜찮지만 의지가 없는 사람은 싫다고. 자기 일을 안 하는 사람에게 계속 매력을 느낄 수 있을지 모르겠다고. 그 말을 아무렇지 않게 했어요. 결국에는 제가 못 견디고 일을 시작하게 될 거라고도 했고요.

그는 자신의 말에 안심하는 것처럼 보였어요. 반드시 그렇게 될 거라고 믿는 듯했고요.

그를 탓하진 않아요. 제가 제 꿈을 이룬다고 해도, 꿈을 이룬 거라 생각하는 사람은 많지 않을 거예요. 그건 이룬 게 아니라고 반박할지도 몰라요. 한심하게 볼 거예

165

요. 좋게 봐도 가엾게 여기겠죠. 시대에 뒤떨어진 사람, 자신의 능력을 배신한 사람처럼 보이겠죠.

꿈을 못 이룬 건 괜찮아요. 꿈이라는 게 그런 거니까. 정말 괴로운 건 가장 사랑하는 사람이, 날 이해해 줄 거라 믿었던 유일한 사람이 제 꿈을 말도 안 된다고 여긴 거예요. 그 순간 그 사람의 표정을 잊지 못할 거예요. 그의 눈빛 속에 담긴 허망함을 떠올릴 때마다 가슴 아프겠죠.

그 사람은 파란 벽이 싫다고 했어요. 실은 흰 벽이 갖고 싶었고, 한쪽 벽 정도는 참아 보겠지만 새파란 집에서 살 수는 없다고. 그 말이 마지막 말이 되었죠. 그래서 덮으려는 건 아니에요. 다 덮진 않을 거예요. 일말의 희망 정도는 남겨 둬야 하니까요. 그게 또 날 살게 하겠죠. 지금 이루지 못한다고 해서 평생 이루지 못할 거라는 법은 없으니까요.

라이프 컨설턴트

"숟가락을 세운대."

"그 좋은 능력으로 왜 숟가락만 세운데? 좋은 일 좀 하라고 해."

비아냥과 함께 일어나 주방에서 숟가락을 가져왔다.

"그깟 숟가락 나도 세운다."

툭. 손을 떼자마자 숟가락은 쓰러졌다.

"머리로 세우는 거야, 다리로 세우는 거야?"

"지금 그게 중요해? 세운다는 게 중요한 거지. 딱 한 명 못 세웠다는데, 왠 줄 알아?"

"실패한 거지, 이유는 무슨."

"기가 세서. 기가 세서 못 봤대."

"점도 안 봐 줬다고?"

"못 봐 준다고 했대. 신이 거부한 거지."

"핑계도 좋다."

"강남 한복판에서 칠 년을 버틴 사람이야. 숟가락을 못 믿겠으면 월세를 믿도록 해."

"보게?"

"그럼 보지도 않을 걸 뭣 하러 정성스레 설명하고 있

겠니. 보러 가자."

"싫어. 피자나 시켜 먹고 말지. 그런 거 다 사기야."

그딴 건 왜 보냐고 했지만 나 역시 해가 바뀔 때마다 사주를 보곤 했다. 시험운은 얼마나 좋은지, 명예운은 있는 건지. 걱정 말라고 했다. 팔자에 관운이 두 개나 들었으니 공무원 중에서도 아주 높은 위치에 갈 거라고. 아무리 관운이 두 개면 뭐 하나, 7급에서 9급으로 바꾼 후에도 떨어지기만 하는데. 인구가 너무 많아서 챙겨 줄 관운이 너무 많은 건가. 그게 아니라면 관운이 있긴 한데 마흔 정도는 넘어야 하는 건가.

처음 공무원이 되겠다고 한 게 4년 7개월 하고도 10일 전이다. 세려고 센 건 아니다. 일이 년 안에 승부를 보지 못하면 가망이 없다는 말에 시작한 일이었다. 이 년 안에 끝내야 하는 생활이 사 년을 넘어가자 가망이 없어도 돌아서기가 힘들었다. 해가 지날 때마다 기회의 문은 점점 더 좁아졌고, 할 수 있는 일은 줄어들었다. 점점 더 무서워졌다. 사 년 칠 개월이라는 시간이 사십칠 년을 괴롭게 할까 봐. 지나온 시간이 남은 시간의 목을 조를까 두려웠다.

점집을 찾는 건 쉽지 않았다. 지하철역을 빠져나와 대로를 십 분 정도 걸은 다음 오르막길과 내리막길을 차례로 지나 골목을 요리조리 살핀 후에야 겨우 번지수가 적

힌 건물을 발견했다. 당장 쓰러져도 이상하지 않을 오래
된 빌라였다.

"여기가 강남 한복판이냐?"

"초 치지 마."

"신장 하나 사라지는 거 아냐? 으스스한 게 영……"

"영화 좀 그만 봐."

"뉴스만 봐도 수두룩해. 내가 영화 볼 시간이 어딨어."

"점집이 화려한 데 있으면 되겠니? 그게 더 이상하지."

"지하철역 앞에도 많던데."

채영은 들을 가치도 없다는 듯 빌라 안으로 들어갔
다. 찝찝한 기분이 가시진 않았지만 밖에서 기다리는 것
도 찝찝하긴 마찬가지였다. 점 보러 들어간 친구를 기다
리다 변사당하는 것만큼 끔찍한 일도 없을 테니까.

계단을 올라가는 동안에도 등은 켜지지 않았다. 센서
는커녕 전등이 있기나 한 건지 모를 건물이었다. 핸드폰
조명에 의지해 올라가야 했다. 점집은 삼 층이었다. 잘못
찾는 사람들이 제법 있는지 이 층에도 앞집에도 가정집
이라는 쪽지가 붙어 있었다. 점쟁이와 한 건물에 사는 기
분은 어떨까. 문득 운명이라는 게 가혹하다는 생각이 들
었다. 점쟁이와 같은 건물에 산다는 이유만으로 시달리
는 경험을 누구나 하는 건 아니니까.

벨을 누르자 개가 짖었다. 한 마리가 아닌 듯했다.

라이프 컨설턴트

점쟁이가 키우는 개라니. 강남이라 다른 건가. 예상과 다른 건 그뿐만이 아니었다. 문을 열어 준 점쟁이는 지나치게 스타일리시했다. 이자벨라랑 맨투맨에 와이드 팬츠를 입었고, 귀에는 보일 듯 말 듯 피어싱이 반짝거렸다. 인테리어 역시 점집이라기보다 스튜디오에 가까웠다.

순간 잘못 찾아온 건가 싶었지만 신발장 위에 놓인 팻말을 보니 제대로 찾아온 게 분명했다. 한바탕 짖은 개 세 마리는 할 일을 끝냈다는 듯 방으로 들어갔다.

"일찍 오셨네요. 잠시만 기다리세요."

점쟁이는 문만 열어 주고는 방으로 들어갔다.

우리는 거실에 멀뚱히 서 있다가 가죽소파 위에 앉았다. 차도 없고, 안내도 없고, 친절도 없었다. 황당하면서도 묘하게 주눅 들었다.

"갑자기 점은 왜 보려는 거야?"

"잘 맞힌다잖아."

"그게 다야?"

채영은 고개를 끄덕였다.

취미라고 해도 될 정도로 자주 봤으니 놀랄 일은 아니었지만, 자꾸만 점을 보러 다니는 채영이 이해가 안 되기도 했다. 채영은 내가 아는 사람 중 가장 잘살고, 가장 예쁘고, 가장 똑똑했다. 그야말로 탄탄대로 인생이면서 가장 열심히 점을 봤다. 정치인이고 경제인이고 다 점쟁이부터 찾는다더니, 가진 게 많을수록 불안한 걸까. 피부과

원장인 채영의 아빠는 시장 선거에 출마했었는데, 공짜 시술을 받으며 원장님, 원장님, 추종하던 사람들이 돌아서는 바람에 단 천 표도 얻지 못한 업적을 달성했다. 채영은 차라리 다행이라고 했다. 해도 해도 너무한 성적에 다시는 선거의 시옷 자도 입에 담지 않게 되었다고. 선거로 날린 돈 때문에 집이 조금 작아졌고 병원은 좀 더 바빠졌으나 그 덕에 채영은 독립까지 해서 바라고 바라던 자유를 얻었다. 바꿀 수만 있다면 당장이라도 바꾸고 싶은 삶이었다.

"너도 볼 거지?"

"난 좀 찝찝한데."

"찝찝하긴 뭐가 찝찝해. 재미로 봐. 재미로."

"그런 건 너처럼 걱정 없는 애들이나 하는 말이고."

"언제는 안 믿는다더니. 야, 그리고 내가 걱정이 없긴 왜 없어."

채영이 무슨 말을 하려는데 방문이 열렸다.

곧이어 커플이 나왔다. 여자는 울고 있었는데, 우리를 보자마자 고개를 숙이고 다급하게 빠져나갔다. 궁합이라도 본 건가. 숟가락이 쓰러지기라도 했나.

방 왼쪽 벽면엔 신전이 차려져 있었고, 반대편엔 회장님이 쓸 법한 커다란 책상이 놓여 있었다. 책상 위에는 놋그릇과 놋수저, 쌀이 반쯤 담긴 놋그릇이 중앙에 놓여 있었고, 끄트머리에 돈이 들어 있는 바구니가 전부였다. 점집도 미니멀인 시대인 건가.

"나도 점쟁이나 될까. 완전 괜찮은데?"

"야! 쓸데없는 소리 하지 마."

채영은 정색했다.

점쟁이는 책상 앞에 앉았다. 기다리게 해서 미안하다고도, 왜 왔냐고도 묻지 않았다. 그렇다고 노려보거나 종을 흔들며 왜 왔는지 맞히지도 않았다.

점쟁이는 당연하다는 듯 나를 쳐다보면서 이름과 생년월일을 물었다. 누가 먼저 볼 건지 물어봐야 하는 것 아니냐고 따지려다 말았다. 먼저 보나 늦게 보나 달라질 것도 없었다.

점쟁이는 혼자 중얼거리다 쌀알을 집어 들었다. 주문을 외우는 모습에 웃음이 삐져나오려는 걸 겨우 참았다. 그러거나 말거나 책상 위에 쌀을 뿌리더니 숟가락을 잡고 탁 세우는 것 아닌가. 그야말로 한 방에 섰다. 자석이라도 붙어 있는 게 아닐까 싶어 의자에 기대는 척 몸을 젖히고 책상 아래를 보았다. 아무것도 없었다. 그는 숟가락을 세워 둔 채로 한 번 더 쌀을 뿌리더니 수저를 잡고 조심스레 내려놓았다.

"수정 씨는 안정을 찾는 사람이에요. 건너편에 꼭 갖고 싶은 게 있어도 살얼음판이다 싶으면 절대 움직이지 않아요. 막대기조차 뻗어 보지 않죠. 도전해 볼까 하는 마음 자체가 없어요. 두 다리 딱 붙이고 서 있는 타입이고, 자신이 그런 타입인 걸 싫어하지도 않고요."

시작부터 놀라웠지만 표정 관리에 애썼다. 자고로 점집에 갈 때 준비물은 무표정과 현금이랬다. 지난번에 사주를 보러 갔을 때 내가 맞장구 좀 쳤다고 괜히 5만 원만 날렸다며 엄마가 어찌나 구박을 했는지 모른다. 채영 역시 경험자답게 표정 변화가 전혀 없었다.

"이십 대 중반까지는 아무런 문제가 없었을 거예요. 안정적인 땅에서 굳건히 버텼거든요. 지금은 다른 땅으로 건너가야 하는데, 그게 잘 안돼요. 한 번도 건너 본 적이 없으니 건널 줄 모르는 거죠. 꽉 막힌 것 같지만 실은 건너지 못하고 있는 거예요."

"그게 무슨 말인지."

"안정적인 일을 하고 싶을 거예요. 남들이 뭐라 해도 난 공무원이 좋아, 할 타입이죠."

이럴 수가. 이쯤 되니 숟가락 역시 사기일 리가 없다는 생각이 들었다. 할 일이 없어서 공무원이 되려는 게 아니었다. 안정적인 게 어째서 욕을 먹고 부정적으로 그려지는 건지 이해할 수 없었다. 안정적인 게 좋았다. 적당히 돈 벌고, 적당히 일하고, 적당히 삶을 즐기고 싶다. 그게 비난받아야 할 일은 아닐 것이다.

우리 집은 늘 요동쳤다. 아빠는 사업을 벌였고, 엄마는 사모님에서 주방 이모가 되어야 했다. 그럼에도 불구

하고 굶어 죽지 않았으니 다행이라고 해야 하는 건가. 긴
시간이 걸렸지만 다시 좋아진 만큼 역시나 야망을 가져
야 한단 말인가. 육십이 넘어서야 내 뜻대로 됐다며 안심
하는 삶 따윈 관심 없다. 한 방을 믿는 가족과 달리 나는
길고 가늘게 살고 싶다.

　"근데 안 돼요."
　심장이 덜컥 내려앉았다.
　"안정과는 연이 없는 삶이에요. 안정을 찾으려고 하면
할수록 찾지 못할 거예요."
　"관운이 있다고 하던데요."
　"전 사주를 보는 사람이 아니에요. 제 눈에 보이는 것
만 말할 수 있을 뿐이죠."
　"그러니까 관운이 없다는 건가요?"
　"그런 건 상관없어요. 관운이 안정을 말하는 건 아니
에요. 한평생 쫓겨 다니다가 뒤늦게 정치인으로 크게 성
공하는 사람에게도 관운이 있어요. 관운을 잡으려면 모
험을 해야 해요."
　"그러니까 한평생 쫓겨 다니다가 정치인으로 성공하
라는 건가요?"
　점쟁이는 웃었다.
　"예를 든 것뿐이에요. 공무원 시험 준비하시나요?"
　망했다. 또다시 속내를 들키고 말았다.

175

"전 시험에 떨어진다고 하지 않았어요. 하지만 지금으로선 힘들겠네요. 군이 공무원을 해야겠다면 일반직보다는 특수직이 어울릴 거예요. 경찰이라든가. 그게 싫다면 좀 더 목표를 높이세요. 도저히 불가능할 것 같은 걸 잡아야 해요."

"……"

"굴곡을 받아들이는 연습을 하세요. 그게 수정 씨를 안정적으로 만들어 줄 거예요."

그는 내 삶에 대해 더 많은 이야기를 떠들었다. 부모와 거리를 둬야지만 살 수 있다는 것. 남에게 도움을 받지도 주지도 못한다는 것. 해외로 나가도 좋다는 것. 연상과는 지독히도 안 맞는다는 것. 살얼음판을 걷지 못하는 성정으로 살얼음판을 걸어야만 한다는 것. 그러니까 그는 내가 싫어하는 모습으로 살아야만 내 삶을 쟁취할 수 있다고 말했다.

"더 궁금한 거 있어요?"

해 줄 수 있는 말은 다 해 줬다는 듯 그는 의자에 등을 기댔다.

시계를 보니 고작 십오 분이 지나 있었다. 이제껏 어떻게 살아왔는지, 앞으로 어떻게 살아야 하는지, 평생에 대해 떠들어 봤자 고작 십오 분이라니. 그런데도 나는 더 물어볼 게 없다니. 그의 말이 얼마나 신빙성 있는지는 문제가 아니었다. 그보다 내 삶에 아무런 신빙성이 느껴지지 않았다.

옆에서 툭 치는 바람에 정신이 들었고, 가방에서 오만 원을 꺼냈다. 그는 책상 위에 놓인 바구니를 눈짓으로 가리켰다. 나는 바구니에 돈을 넣었다.

"모험해요 모험. 하고 나면 별것 아니라는 생각 들 거예요."

그는 마지막으로 덕담하듯 말한 뒤 명함을 건넸다.

"모험하고 다시 찾아와요."

명함을 받아 들자 그는 잠시 쉬겠다는 말도 없이 일어나 방을 나갔다.

명함에는 라이프 컨설턴트라고 적혀 있었다.

라이프 컨설턴트라니. 기도 안 찼지만 딱히 틀린 말도 아니었다. 방금 전만 해도 지금까지 살아온 태도를 버리고 새로운 삶을 살라고 하지 않았던가.

정말 안정 따윈 없는 삶인 걸까.

안정을 얻길 바라면서 안정을 원치 않는 척하면 안정을 찾을 수가 있나. 절대로 안정을 찾지 못할 거라는 저주처럼 느껴졌다. 채영은 마치 제 인생의 저주를 듣기라도 한 듯 착잡한 표정이었다. 괜히 끌고 왔다고 생각하는 건가. 채영이 미안할 필요는 없었지만, 괜찮다고 말하고 싶지도 않았다.

한참이 지난 후에도 점쟁이는 돌아오지 않았다.

"너무하네. 점쟁이도 일종의 서비스직 아냐?"

화를 내는데도 채영은 여전히 말이 없었다. 평소라면 말조심하라며 눈치를 줬을 텐데, 혼이 빠져나간 것처럼 멍했다.

"야, 너 왜 그래? 무슨 일 있어?"

"어? 아니, 없어."

아니라고 하면서도 얼굴이 새파랗게 질려 있었다.

"무슨 일 있어서 오자고 한 거야? 뭔데, 무슨 일인데."

채영은 내 얼굴을 보면서도 한참을 망설였다. 겨우 입을 떼려는 찰나 점쟁이가 방으로 들어왔다.

"아직 안 가셨어요?"

"저희 둘 다 보기로 했는데요."

그는 잠시 망설이다 책상 앞에 앉았다. 그는 채영의 이름과 생년월일을 묻지 않은 채 안타깝다는 표정만 지을 뿐이었다.

"여기 올 사람이 아니에요. 알고 있잖아요."

그의 한마디에 채영은 울음을 터뜨렸다.

이건 또 무슨 상황인 건지 어리둥절했다. 어째서 점쟁이는 숟가락을 세울 시도조차 안 하는 건지, 알아들을 수 없는 말에 채영은 왜 대뜸 우는 건지 이해할 수 없었다.

설마 두 사람이 사귀기라도 했나. 신을 모셔야 하는 바람에 헤어졌고, 도무지 혼자 찾아올 용기가 없어서 나를 끌어들인 건가. 애틋한 눈빛을 보고 있자니 확신이 들었다. 괜히 이용당한 기분에 화가 불쑥 났지만 이렇게까지 하는 게 안쓰럽기도 했다. 적당한 말이 떠오르지 않아 입을 꾹 다물고 있었다. 안정이 없는 삶에 눈치까지 없을 순 없지.

채영은 한참을 울었다. 현관 벨이 울리고, 다음 손님이 들어선 후에야 우리는 밖으로 나왔다.

지하철역에 이를 때까지 채영은 말이 없었다. 술이라도 마시자고 해야 할지, 이대로 헤어지는 게 좋을지 고민하는데 채영이 다시 울음을 터뜨렸다.

나는 채영의 어깨를 토닥거렸다.

"인연이 아니었다고 생각해."

꺽꺽 울던 채영은 황당하다는 듯 나를 바라보았다. 이내 한숨을 쉬고는 급기야 털썩 주저앉았다. 뭐라 뭐라 웅얼거리는 소리를 몇 번이고 되묻고서야 채영의 말을 알아들을 수 있었다.

"신내림 받으라잖아."

그러니까 점집을 갈 때마다 점쟁이가 되어야 한다 했다고.

"난 존나 아프지도 않고, 보이는 것도 들리는 것도 없다고."

예기치 못한 전개에 할 말을 잃었다.

정해진 대로 산다는 건 이리도 힘든 일이었구나. 안정적인 삶 따윈 어디에도 없는 것 아닐까.

그 순간 돌아가서 풀어야 할 문제집이 한 파트가 넘는다는 사실이 떠올랐다.

*

모든 게 내 탓이라 했다.

나와 내 주변에 일어나게 될 일은 일어날 수 없기 때문에 일어나는 일이라고 했다. 쉽게 말해 내가 다른 이들의 앞길을 가로막고 있다는 말이었다.

처음 내게 그 말을 한 것은 성북구 정선생이었다. 온갖 재계 인사들이 드나든다는 점집, 예약을 하고도 일 년을 기다려야 겨우 만날 수 있다는 용하디용한 점쟁이였다. 물론 내가 그를 찾아간 건 아니었다. 시장 선거에서 개망신을 당하고도 이번 생을 병원장으로 마무리할 수 없다고 여긴 아빠가 선거의 시옷 자도 꺼내지 않겠다던 약속을 깨뜨리고 전화를 돌리고 돌려 찾아간 곳이었다.

그는 아빠를 보자마자 어이없다는 듯 말했다고 한다.

"한 치 옆을 못 보고 여기까지 왔네. 미련하긴."

아빠는 무슨 소리인가 했다. 한 치 앞도 아니고 옆이라니. 남다른 분이라 남다르게 표현하는 걸까. 그러니까 국회의원은 될 수 없는 거냐고 묻자 성북구 정선생은 혀를 끌끌 찼다.

"없지. 운명을 거스르는 자를 옆에 두고, 운명이 물살을 타길 기다리면 쓰나."

그러니까 아빠가 고작 천 표도 받지 못한 채 낙선한
건 내가 운명을, 그러니까 신을 거부하고 있기 때문이라
고 했다. 말도 안 되는 소리였다. 그 말도 안 되는 소리를
아빠도 처음부터 믿은 건 아니다. 동작구 김선생을 찾아
가고, 강북구 선녀보살을 찾아가고, 강릉 아기동자까지
찾아간 뒤에야 아니, 이걸 안 믿을 순 없겠는데? 싶었던
거다. 그날 이후 아빠는 내게 뭔가 보이는 게 없냐고 물었
다. 하다못해 꿈이라도 꾸는 게 없냐고. 어디 아픈 데는
없고? 본론에 들어가지 않은 채 돌리고 돌려 묻다가 대
체 왜 그러는 거냐는 엄마의 추궁에 털어놓았다. 그러니
까 아무래도 채영이가 신기가 있는 것 같다고.

내 얘기가 끝나자마자 수정인 이상하다는 듯 물었다.
"어릴 때부터 점 보는 거 좋아하지 않았어?"
"우리 이십 년 지기 맞아?"
수정인 머릿속을 헤집는 듯 눈을 치켜뜨며 곰곰이 생
각에 빠졌다.
"전에 홍대도 찾아가고, 건대에서도 간다고 했던 것
같은데……"
"홍대는 세 달 전, 건대는 지난달."
그러니까 모두 일 년 안에 벌어진 일이었다.
수정인 더는 할 말을 못 찾겠다는 듯 맥주를 마셨다.

그 모습이 태평스레 느껴져 부러웠다.

수정이는 내가 아는 가장 덤덤한 인간이었다. 걱정돼 죽겠다는 말을 세상 온화한 표정으로 하곤 했다. 어느 때는 해탈한 늙은이처럼 보였고, 어느 때는 아무것도 모르는 어린아이처럼 보였다. 캄캄한 현실도 수정이 앞에 가면 맥을 못 추고 사라지는 것 같았다. 툭툭 내뱉는 시니컬한 말도 수정의 얼굴에 깃든 평화를 감추진 못했다. 그러니까 신기라는 게 있다면 수정이 같은 애한테 좀 더 어울릴지도 모른다. 그렇다고 나를 대신할 제물로 데려간 건 아니다. 수정이라면 점쟁이의 허튼소리쯤은 막아 줄 거라 생각했다. 그 앞에선 말도 안 되는 헛소리는 입 밖에도 내지 않을 거라고. 완전히 틀린 건 아니었다. 적어도 이번엔 쫓겨나진 않았으니까.

TV에 나온 후로 유명해졌다는 홍대 아기동자는 나를 보자마자 어딜 들어오느냐며, 감히 남의 신을 모욕하려 드는 거냐며 고함을 치며 쫓아냈다. 건대 보살은 한숨을 푹 내쉬곤 아무리 쫓아다녀도 운명을 거스를 수 없다며 나를 위로했다.

운명에 대해 생각해 본 적은 없었다. 굳이 되짚어 볼 필요가 없을 정도로 내 인생은 평탄했다. 문제는 이제껏 내가 늘 정해진 대로 살았다는 것이다. 엄마가 영어 유치원을 보내서 영어 유치원에 갔고, 성적에 맞춰 대학을 가고, 졸업하기 전에 가고 싶었던 패션 잡지사에서 인턴을 시작했고, 인턴이 끝나기 전에 정규직 에디터가 되었다. 티 없는 아이. 고생이란 걸 해 본 적 없어서, 오직 글로만 고생을 배운 아이. 어딜 가도 모난 구석이 보이지 않는 적절한 애티튜드를 갖춘 어른이 바로 나였다. SNS 시대가 되면서 SNS에서도 적당한 인기를 끌게 된 에디터, 기억에 남는 글을 쓰진 못해도 한두 문장 정도는 캡처할 만한 글을 쓸 줄 아는 사람. 화려하진 않아도 따라 입고 싶은 코디 정도는 하는 사람, 누군가에게 부러움을 불러일으킬 순 있어도 적대감은 일으키지 않는 사람. 굳이 내세우진 않았지만 애써 칭찬을 무르지도 않았다. 나 자신에게 거리를 둔 것처럼 타인에게도 마찬가지였다. 누군가의 운명을 보기는커녕 섣부른 말로 간섭한 적도 없었다. 그런 나한테 다른 사람의 삶을 엿볼 수 있는 능력이 있다고? 말도 안 되는 소리였다. 그렇게 무시하고 넘어가려 했었다. 잡지사가 갑자기 문을 닫지만 않았어도 무시할 수 있었을 거다.

이번 달을 마지막으로 잡지사가 문을 닫는다.

매출이 폭삭 떨어지긴 했지만 대기업 산하 계열의 잡지사였고, 지난달까지만 해도 폐간의 기미는 보이지 않았다. 종이 잡지는 역사 속으로 사라졌지만 웹진도 유튜브 반응도 나쁘지 않았다. 지지난달 표지는 한창 주가를 올리고 있는 아이돌이 장식하기도 했다. 그런데 갑자기 이달부로 폐간하게 되었다는 공문이 내려온 것이다.

왜?

이유를 물어도 소용없었다. "잡지는 끝났다니까." 한 마디면 충분했다. 그러니까 나 역시 다른 사람들처럼 잡지는 더는 통하지 않는다 하면 그만이었지만, 그날 처음으로 꿈을 꿨다.

흰머리를 허리까지 길게 풀어헤친 할머니가 나왔다. 할머니는 아무 말도 하지 않고 나를 빤히 쳐다봤다. 꿈에서 깰 때까지 할머니는 어떠한 표정 변화도 없었다. 그저 모든 게 너 때문이라고 말하는 듯했다. 더 거부하다간 더한 꼴을 보게 될 거라는 듯.

마지막으로 확인을 해 볼 생각이었다.

누구를 찾아가야 할지 고민하고 있을 때 동료 한 명이 숟가락을 세우는 점쟁이에 대해 말했다. 강남의 라이프 컨설턴트. 그를 찾아갔다가 쫓겨난 친구 한 명이 타로집을 열게 되었다는 말을 전해 듣는 순간 그를 찾아가야겠다고 결심했다. 처음엔 혼자서 갈 생각이었다. 허름한 건물 앞을 일주일 넘게 혼자 배회하다가 결국 수정이를 꼬신 것이었다.

수정인 사연을 전부 들은 후에도 별다른 말이 없었다. 맥주잔만 만지작거리는 게 생각에 빠진 얼굴이었다. 분명 화가 났을 거라고, 그런 일을 감쪽같이 숨겨 왔다니 괘씸하다고 할 줄 알았지만, 이번에도 수정인 예상을 뛰

라이프 컨설턴트

어렵는 말을 꺼냈다.

"한 잔 더 마시면, 문제 못 풀겠지?"

"응?"

황당했지만 수정인 더없이 진지한 표정이었다.

"글쎄. 두 잔 정도는 괜찮지 않을까?"

그러자 수정인 맥주잔에서 시선을 떼고 나를 빤히 쳐
다보았다. 그러곤 갑자기 풉 하고 웃음을 터뜨렸다.

"뭐야? 왜?"

수정이는 웃다가 사레까지 들려 한참 기침을 쏟아 낸
뒤에야 말했다.

"점쟁이는 무슨. 야, 맥주 한 잔도 판단 못 하는 애가
점은 무슨 점이야. 나 지금 완전 알딸딸하거든?"

"그거야……"

"다르다고?"

수정이는 자세를 바로잡더니 다시 빤히 쳐다보았다.

"내 너에게 기회를 주겠다. 내가 이번 시험에 붙을지
안 붙을지 맞혀 보거라."

"갑자기?"

"당연히 갑자기지. 예고하고 찾아오면 그게 신기냐?"

나는 수정이를 보다 말고 고개를 저었다.

"됐어."

"되긴 뭐가 돼. 이 언니가 너의 첫 손님이 되어 주겠다
이거야. 아, 이런 건 돈을 내야 되나? 그럼 이 언니가 맥주

산다!"

아무 말도 하지 않자 수정이 덧붙였다.

"신기가 있든 없든, 점쟁이가 되든 말든, 다른 사람 말만 듣고 할 거야? 니가 어떤 상태인지 니가 판단해야 될 거 아니야."

그런가.

진짜 내 길이라면 수정이 말대로 확실히 확인해 봐야 할 것이다. 나를 쳐다보는 수정이를 가만히 바라보았다. 아니, 얘가 쌍꺼풀이 없었나? 생각보다 눈썹이 진하네, 검은 옷은 좀 안 어울리는 것 같은데… 그런 생각밖에 들지 않았다. 귀를 기울여야 하는 건가. 신기가 있는 사람들은 꼭 누군가 들려준다고 하던데. 가만히 귀를 기울여 보았지만 커다란 음악 소리와 로또가 되니 마니 하는 옆 테이블의 목소리나 들릴 뿐이었다.

그렇게 몇 분이 지났을까. 수정이 갑자기 손을 번쩍 들며 소리쳤다.

"여기 맥주 오백 한 잔만 더 주세요!"

그 바람에 정신이 들었다. 곧이어 맥주가 오자 수정은 단숨에 벌컥벌컥 들이켠 뒤 말했다.

"너 나한테 오만 원 빚졌어."

"응?"

"되든 말든 둘 중 하나 고르는 것도 못 하면서 뭘 본다는 거야. 바쁜 수험생 데리고 이상한 데나 가고 말이야."

"그거야……"

"왜. 안 되는 거라서 말 안 해 주는 거야? 누가 나 안 된대?"

나는 고개를 저었다.

"설령 너한테 신이 붙었다고 해도, 점쟁이는 안 돼."

"왜?"

"왜긴 왜야."

수정인 사뭇 진지한 얼굴을 하곤 몸을 내 쪽으로 기울였다.

"너… 완전 똥촉이야. 너희 아빠 시장 될 것 같다고 한 거 까먹었어? 너한테 붙었다는 신, 일 더럽게 못해. 점집 차렸다가 굶어 죽을 거다. 그럼 나 맥주는 누가 사 주냐?"

태연하게 고개를 내젓는 수정일 보고 있으니 웃음이 나왔다.

"이번엔 붙을 거야."

수정이가 빤히 쳐다보았다. 그러다 별것 아니라는 듯 대답했다.

"당연하지, 내가 공부를 얼마나 했는데. 치질까지 생겼거든?"

다시 웃음이 터졌다.

비로소 들어야 할 말을 들은 기분이었다.

과거를 묻지 마세요

처음으로 훔친 건 지갑이었다.

나른한 오후였고, 혼자 교실에 남아 있었다. 주번이었던 건지 아팠던 건지 기억나지 않는다. 창가에 앉아 햇볕 아래 축구를 하는 아이들을 보며 하염없이 지루해한 기억만 남아 있다. 그날 나는 그 지갑에 있던 돈으로 아이스크림을 사 먹고 지갑도 샀다. 문방구에서 파는 싸구려 지갑이었는데, 딱히 갖고 싶었던 건 아니다. 그저 훔친 돈을 빨리 쓸 생각뿐이었다. 어떻게 들킨 건지 모르겠다. 집에 가자마자 혼이 났고, 다음 날 학교에서도 혼이 났다. 한참 동안 벌을 섰고, 다시는 안 그러겠다고 맹세했다. 왜 그랬냐는 질문엔 답하지 못했다. 그때도 몰랐고, 지금도 모른다. 그저 그런 일이 일어났고, 기억에 남아 있을 뿐이다.

정수와 나는 M방송국의 일일 드라마 오디션을 보고 왔다. 쉽게 말해 막장 드라마였다. 미니시리즈도 찍고 싶고 영화도 찍고 싶지만 찬밥 더운밥 가릴 때가 아니었다.

조연이었지만 매일 찍으면 돈도 더 많이 나올 테고, 김치싸대기만 맞지 않으면 괜찮을 것 같았다. 맞아야 한다 해도 어쩔 순 없지만. 도무지 무슨 일을 하는지 모르겠다는 부모님도 안심할 터였다. 우리 딸이 저렇게 싸가지가 없었나? 놀랄 수는 있겠지만. 무능력하고 착한 딸보다는 못돼 처먹어도 능력 있는 딸이 낫다. 그렇게 농담 반 진담 반 분풀이를 하고 있을 때였다.

"난 너 때문에 버티는 거야."

"오글거려."

나 때문에 버틴다기에 동지니 우정이니 그런 말들이 이어질 줄 알았는데, 정수는 예상과 다른 말을 했다.

"널 보면 비밀 하나쯤 갖고 사는 게 당연한 것처럼 느껴지거든. 누구나 손가락질 받을 일 하나 정도는 꽁꽁 숨기고 사는 거구나, 아무리 애써도 우린 결국 끔찍한 인간이구나. 그러니 나도 괜찮구나."

"무슨 욕을 그렇게 정성스럽게 하냐? 끔찍하다는 거네."

"니 눈빛. 그 눈빛 말이야."

"내 눈빛이 뭐."

"사실을 알게 되면 실망할걸, 피차 괴로울 테니 거리를 유지하자고. 꼭 그렇게 말하는 것 같거든. 그래서 커밍아웃도 한 거 아니냐."

"거리를 두자는 눈빛에 커밍아웃은 왜 하냐."

"궁금했거든. 대체 얘가 숨기는 건 뭘까. 나보다 더한 건가. 뭔가 실토할 줄 알았더니, 좋아하는 거 아니니까 걱정 말라는 헛소리나 하고 말이야. 그 정도는 나도 알고 있었다고. 근데 정말 뭐야."

"취했냐?"

"고마워서 그래, 고마워서. 비밀을 비밀 아닌 걸로 만드는 최고의 방법이 뭔 줄 알아? 그냥 말해 버리는 거야. 당연히 아무한테나 말하면 안 되지. 남의 비밀 따윈 개똥도 관심 없는 사람한테 말해야 돼. 뭐 어쩌라고, 그런 눈빛을 하고 있는 사람. 솔직한 적이 없어서 솔직한 게 어떤 건지도 모르는 사람."

틀린 말은 아니었다. 나는 정수의 비밀에 그다지 관심이 없었고, 비밀이라고 해 봐야 누구나 하나씩은 있는 것 아닌가 싶기도 했다. 연기를 하며 살겠다고 결심한 것 역시 그 때문인지 모른다. 사람은 누구나 연기를 하기 마련이니까. 현실에선 왜 연기를 하는지도 모른 채 연기를 하게 되지만 적어도 드라마에선 그 이유가 명확하니까. 그렇게 잠시라도 명확한 세계 속에 살고 싶었다.

"나한테 말할 필요는 없는데, 너무 안심하지 마라. 세상엔 기어코 알아내려는 할 짓 없고 끈질긴 놈들이 있으니까. 나 봐라. 강제 커밍아웃 되고 자퇴까지 했잖냐."

정수는 꼬부라진 혀로 마지막 경고를 날린 후 테이블에 머리를 박고 잠들었다.

태생부터 친구가 없던 나와 달리 정수는 어딜 가도 쉽게 친구를 만들었다. 동기가 우연히 그의 데이트를 목격하기 전까진.

192　　　과거를 묻지 마세요

정수의 성적 취향은 정수가 쌓아 온 모든 것을 무너뜨렸고, 걷잡을 수 없이 부풀려졌다. 한껏 열려 있는 척하던 아이들도 슬금슬금 정수를 피하곤 했다. 오직 멀리 있을 때만 인정해 줄 수 있다는 듯. 결국 학교까지 그만뒀지만 소문은 어딜 가나 따라붙었다. 이제 그에게 남은 친구라곤 진즉에 알고 있었지만 신경 쓰지 않았던 나뿐이다. 거리를 유지하자는 눈빛에 거리를 줄였던 그는 더 이상 친구를 만들지 않았다. 기어코 비밀이 드러난다면 나는 무엇을 잃게 될까.

다음 날 오후 감독님이 만나고 싶어 한다는 조감독의 문자를 받았다.

감독은 카페에서 보자고 했다. 방송국이 아닌 카페에서 보자고 하는 게 이상했지만 이해가 안 되는 것도 아니었다. 어떻게든 밖으로 나갈 궁리를 하는 게 직장인이라 했으니.

약속 시간이 삼십 분이나 지난 후에야 감독은 어슬렁거리며 카페 안으로 들어왔다. 그는 미안한 기색조차 보이지 않았다.

"배우는 왜 하려고 하는 거예요?"

"거짓말을 잘해서요."

"재밌는 분이시네."

재밌는 일인가? 나는 정말로 밥 먹듯이 거짓말을 했

다. 사기를 친다거나 악의를 가지고 속이는 건 아니었다. 그저 쓸데없는 말들을 늘어놓는 수준이었다. 밥을 먹었는데 라면을 먹었다고 한다든가 파리에 갔는데 베를린에 갔다고 하거나. 나도 내가 왜 그러는 줄 모른다. 나도 모르게 거짓말이 나온다는 게 아니라 머릿속에 시나리오가 그려진다고나 할까. 갑자기 그런 일을 겪은 애가 되곤 했다. 들켜도 딱히 부인할 생각은 없었지만 한 번도 들키지 않았다. 정수의 말과 달리 꼬치꼬치 캐묻는 사람은 거의 없었다. 곧장 다른 말을 해도 무심코 넘어가는 경우가 태반이었다. 문제는 그렇게 들키지 않은 거짓이 내 삶 곳곳에 지뢰처럼 박혀 있다는 거였다. 정수의 말처럼 당장은 해를 끼치지 않더라도 어느 순간 터져서 나를 잡아먹을 수도 있었다.

"좋은데 열정이 없어 보여요."

"꼭 하고 싶어요."

"말은 그렇게 하는데, 하면 안 될 것 같은 분위기를 팍팍 풍긴단 말이야. 오늘도 나오겠다고 해서 놀랐다니까."

나오라고 해서 나왔더니 이건 또 무슨 헛소리인가 싶었지만 태연한 척 대답했다.

"무섭다고 해야 할까요?"

"내가?"

무슨 말도 안 되는 소리냐는 표정을 하면서도 그의 얼굴엔 묘한 자부심이 비쳤다. 내가 고개를 젓자 안도와

실망이 동시에 섞인 미소를 지었다.

"유명해지는 거요."

그는 실실 새어 나오는 웃음을 참아 보려는 시늉도 하지 않았다.

"아, 미안해요. 아직 시작도 안 한 사람이 유명해지는 게 무서우면 쓰나. 왜요, 과거라도 있어요?"

"과거가 없는 사람도 있나요?"

"내가 말하는 건, 들키면 안 될 과거. 인터넷에 올라오는 순간 끝장나는 것들 있잖아. 학폭, 성매매, 마약 같은 거. 아니면 불륜?"

"말이 심하시네요."

"이 정도 가지고 무슨. 아니라는 거죠? 그런 거면 우리도 곤란해요. 요즘엔 과거는 과거일 뿐이다, 두루뭉술하게 넘어가는 거 안 통하거든."

그런 이유라면 고민할 필요도 없을 것이다. 깔끔하게 포기하면 될 테니까.

"그런 건 아니에요."

"그럼, 공황장애?"

나는 긍정도 부정도 하지 않았다.

"솔직히 말해 주지 않으면 힘들어요. 리스크를 안고 갈 정도로 눈에 띄는 건 아니니까, 알고 있죠?"

잠시 망설였다. 전부 털어놔도 되는 걸가. 실은 초등학교 3학년 때 지갑을 훔쳤어요. 중학교 때는 장갑을 훔쳤

고요, 고등학교 때는 실내화를 훔쳤고요. 엄마 아빠 돈은
시도 때도 없이 가져갔어요. 미국엔 한 번도 못 가 봤는
데 가 봤다고 했고, 심지어 호주로 워홀도 다녀왔다고 했
어요. 안 봤는데 봤다고 한 영화는 셀 수도 없어요. 더 큰
문제는 거짓말이 들키려 할 때마다 새로운 거짓말을 했
다는 거예요. 거짓말이 쌓이고 쌓여서 어디서 펑 터질지
모른다고요. 완전 미친년이 되는 건 한순간이죠. 이 모든
말이 나올 리가 없었다. 묻어 둔 비밀은 타인의 손에는 꺼
내져도 제 손으로는 꺼낼 수 없는 법이다.

"개복치인가 봐요. 멀리서 적이 보이기만 해도 스트레
스 받아 죽어 버린다잖아요."

"보기보다 귀여운 구석이 있네. 그런 거라면 한번 해
봅시다. 개복치도 먹고는 살아야지."

"제가 붙은 건가요?"

그는 활짝 웃으며 고개를 끄덕였다.

그 순간 내가 기다리는 것이 비극인지 희극인지 알
수 없는 기분이 되어 버렸다.

자니?

자니?

"지금 몇 신 줄 알아?"

"알지. 왜 몰라. 두 시 사십구 분이잖아. 나 시계 샀어, 브라운 시계."

"술 마셨냐?"

"마셨지. 안 마실 수가 없지."

"무슨 일 있어?"

"무슨 일? 있지. 걱정돼서 죽을 것 같아. 너무 걱정이 돼서 안 마실 수가 없어. 너 포기할까 봐. 너 포기하면 안 돼. 걱정이 그치질 않아."

"미친. 걱정되면 잠 좀 자게 해 줄래? 내일 알바 가야 돼."

"알바 가야지. 너, 알바 한다고 기죽고 그러면 안 돼. 지금은 그냥 그런 시기야. 너 매미 알지? 쩌렁쩌렁 한번 울어 보겠다고 칠 년, 무려 칠 년을 움츠리고 있잖아. 넌 매미야. 매미. 애벌레도 아니고 나방도 아니고 매미야. 매미. 근데 요즘 매미 왜 안 우냐. 아주 인간들이 문제야. 지구를 개박살 내고 있어."

"뭔 개소리야. 들어가서 잠이나 자."

"잠이 안 와. 잠이. 진짜 너 나쁜 생각 하면 안 돼. 그리고 나 집이야. 브라운 시계 샀다니까. 손목시계 아니고 벽시계."

"지랄한다. 나쁜 생각은 누가 나쁜 생각을 해."

"누가 하긴 너가 하지. 왜 나쁜 생각을 하고 그러냐. 좀 늦을 수도 있지. 늦게 된다고 죽으면 안 돼."

"죽긴 누가 죽어. 너 진짜 죽고 싶냐."

"나? 죽고 싶지. 너무 죽고 싶지. 너, 나 회사 다닌다고 부럽다고 했지. 회사생활? 보통 아냐. 스트레스가 말도 못해. 뒤통수에 빵꾸가 생겼어. 빵꾸가. 아주 콱 죽고 싶어. 내가 죽고 싶은데 죽을 수가 없어. 카드값이 죽어서도 따라올까 봐."

"카드값 걱정되면 술을 덜 처먹어."

"야, 너 알지? 나 다큐 찍고 싶어 했던 거. 전쟁의 실상을 알리려 했단 말이야. 내가. 근데 씨발, 인생이 전쟁이야. 전쟁터도 안 갔는데 씨발, 내가 죽겠어."

"진짜 죽여 버리고 싶네."

"그래. 그 악으로 열심히 버티란 말이야. 아주 이 악물고 성공해. 그래서 내가 이렇게 말한 거 다 기억하고, 나 매니저로 써라. 응?"

"작가가 무슨 매니저야. 돌았냐?"

"작가는 매니저 있으면 왜 안 되는데? 씨발, 연예인만 매니저 둬야 해? 그런 게 어딨어? 여기가 귀족 사회야?"

"끊는다."

"안 돼. 끊지 마. 이거 공짜야."

"뭐라냐 진짜."

"너 그거 아냐? 전화만 공짜야. 톡도 공짜 아니야. 데이터 쓰지, 와이파이 쓰지, 그거 다 돈 내는 거라고. 전화만 공짜라고. 아무도 안 쓰니까 공짜로 준다고. 그러니까 너도 포기하지 마."

"뭔 소리야. 약 처먹었어?"

"내가 말했지? 우리 회사에 신기 있는 애 있다고. 걔가 그러는데, 내가 친구 덕 볼 팔자래. 개뿔, 다 고만고만한데 무슨 덕이냐 따지는데, 니 얼굴이 딱 떠오르는 거야. 넌 우리처럼 직장생활 하는 애들이랑 다르지. 한 방이 있잖아. 한 방."

"지금 돈 번다고 자랑하냐."

"야, 너 삐뚤어지면 안 돼. 돈? 그거 아무것도 아니야. 집? 엿 먹으라 그래."

"술 처먹었으면 잠이나 자."

"야, 너 나한테 그러면 안 돼. 내가 니 생각을 얼마나 하는데, 그럼 못써."

"못쓰긴 뭘 못써."

"안 돼. 못써."

"나 진짜 자야 돼. 아침에 일어나야 돼."

"아침형 인간 좋지. 돼야지. 하루키도 아침형이고, 누구냐, 너가 좋아하는 토니 모리슨도 새벽에 일어났대. 새

벽 네 시에 일어나서 커피 마시고 글 썼대."

"그러니까 끊자고."

"너 진짜 포기하지 마. 한번 꿈꿨으면 계속 꿔야지."

"씨발, 넌 죽을 때까지 그 회사 다녀라."

"야, 어떻게 그런 말을 해. 차라리 죽으라고 해. 친구한
테 어떻게 그럴 수가 있어."

"친구고 나발이고 잠이나 자."

"넌 내 맘 몰라. 씨발. 몰라도 너무 몰라. 모르면 안 돼.
모르면 안 된다고. 작가가 사람 맘을 알아야지."

"씨발, 그러니까 못 되는 거 아냐."

"못 된다는 생각을 하지 말라니까. 된다는 생각을 하
란 말야. 된다, 된다, 나는 된다."

뚝.

"야, 자냐? 자냐고. 자냐? 자? 진짜 자는 거야?"

부업

"소진 씨, 유튜브 해?"

캐서린은 이를 쑤시며 물었다. 이쑤시개로 쑤셔도 봐줄까 말까 한데, 캐서린은 꼭 검지를 썼다. 다른 사람이 인상을 찌푸리든 말든 개의치 않았다. 그 뻔뻔함이 짜증났지만 한편으론 부럽기도 했다.

"왜 그렇게 뚫어져라 봐?"

"양치질을 하는 게 어때?"

"답답하잖아."

손가락을 뗀 뒤에도 한참 동안 혀로 훑는 것으로 모자라 물을 머금고 입을 헹궜다.

"유튜브 하냐고. 유튜브."

"안 해."

"진짜?"

의심스러운 눈빛이었지만 대답을 바꿀 마음은 없었다.

"내가 그걸 왜 해."

"진짜 안 한다고?"

캐서린은 도저히 못 믿겠다는 듯 다시 물었고, 나는 더는 말할 가치가 없다는 듯 고개를 끄덕였다. 일단 발뺌

하는 것. 말 많은 동네의 필수 생존 전략이다. 좋은 소식이든 나쁜 소식이든 마찬가지다. 소문은 소문대로, 의심은 의심으로 두어야 한다. 확인은 사살을 불러오니까. 그런 식으로 최팀장의 눈 밑 지방은 자취를 감췄고, 이대리의 로또 역시 알 수 없는 일이 되었고, 신입의 개 같은 술버릇도 사라졌다. 나의 유튜브 역시 그리될 일이었다.

캐서린의 본명은 김숙자. 영어 이름을 굳이 쓸 필요가 없는데도 글로벌하게 살아야 된다며 캐서린을 고집했다. 어쩌다 숙자 씨라고 부를 때면 절대 대답하지 않았다. 그녀는 캐서린이 되기 위해서 영화사에 들어왔다고 했다. 해외 영화를 배급하는 곳 정도라면 해외 업무가 많을 테고, 숙자가 아닌 캐서린으로 불리는 게 합당한 일이 될 것 같았다고. 한번 튀어 보려고 한 말인 줄 알았지만 진심이었다. 처음엔 악착같이 숙자라고 부르던 사람들도 결국 백기를 들었다. 우리 영화사에서 유일하게 꿈을 이룬 사람이라고 해도 과언이 아닐 거다.

나로 말할 것 같으면 칸 영화제를 꿈꾸며 입사했다. 일단 감독이 되는 게 목표였지만 꿈은 칸이었다. 다시 말해 유명하고 대단한 사람이 되는 것. 허무맹랑한 꿈 때문이었을까. 조감독으로 4년을 일하고 겨우 입봉하나 했더니 제작비 지원이 무산되면서 무기한 연기되었다. 독립영화의 신예라고 불리는 배우까지 어렵게 캐스팅했건만 이름 없는 감독을 기다려 줄 리가 없었다. 드라마에서 이름을 알린 후로는 연락 한번 하기도 힘들었다. 무산된 제작비는 개봉하는 족족 시대착오라며 욕이란 욕은 다 먹지만 손익분기점은 가뿐히 넘는 감독의 차기작으로 들어갔다. 캐스팅은커녕 대본도 안 나왔을 때였다. 정도라고는 눈 씻고도 찾아볼 수 없는 바닥이다.

십수 년을 무명으로 버티다 빵 뜨는 사람도 있긴 하지만 그 정도의 인내심이 내게 있을까. 그렇게까지 감독이 되고 싶은 건지 잘 모르겠다. 어릴 때 내 꿈은 유명한 예술가였다. 하지만 화가가 되기에도, 작가가 되기에도, 가수가 되기에도 뭔가 부족했다. 못하는 건 아닌데 딱히 특별한 재능도 없었다. 유일하게 재능이라고 할 법한 게 믹스를 잘한다는 거였는데, 그렇다면 감독이 괜찮겠다 싶었다. 그 결정에 운명적 느낌이 있었던 것 같기도 한데, 이제 와 생각해 보면 그런 게 진짜 있었나 싶다.

유튜브를 시작한 것도 유명해지기 위해서였다. 도망치는 거라는 것 정도는 알고 있었지만 도망 좀 치면 어떤가. 절망밖에 보이지 않는 어두컴컴한 길 위에서 버티기엔 현실이 지독하지 않나. 좁아터진 영화판과는 달리 광활한 인터넷 세계에는 내 자리 하나쯤 있지 않을까. 한 번쯤은 나도 대세의 물결에 올라타고 싶었다.

처음엔 평범한 브이로그였다. 카페 가고, 집 청소하고, 쇼핑하는 흔한 일상을 올렸다. 그래서 그런지 인기가 없었다. 육 개월쯤 지나 잘나가는 영화 시사회를 다녀온 뒤

당최 인기 있는 이유를 모르겠다고 말하는 영상을 올렸는데, 처음으로 반응이 왔다. 그 뒤로 인기 좋은 영화만 골라 비평을 올리기 시작했더니 조회 수는 물론 구독자가 쑥쑥 늘었다. 마지막으로 올린 영상이 우리 회사에서 나온 영화를 평가한 것이었다. 복수라면 복수랄 수도 있겠다만 마냥 유쾌하진 않았다. 욕이란 욕은 다 먹어도 손익분기점은 가뿐히 넘기던 감독이 이번엔 손익분기점 근처에도 가지 못했다. 욕을 먹는 게 인기의 증표라 여기던 감독은 욕은커녕 별다른 반응을 보이지 않아도 발끈하는 지경이 돼 버렸다. 그런 마당에 공개적으로 까는 영상을 올린 사람이 나라는 걸 들킬 순 없었다.

그 영상을 캐서린이 본 걸까. 이름도 얼굴도 나오지 않았지만 목소리가 나왔으니 괜히 넘겨짚은 게 아닐 수도 있었다. 심지어 그녀는 회사에서도 유튜브를 보며 깔깔 웃기도 했고, 흘겨보는 사람에게 눈치 없이 추천까지 하는 사람이었다. 알려진다면 곤란한 정도가 아닐 터였다. 하필 조감독 일마저 거절했으니까. 순서대로 일어난 일에 불과했지만 악의를 품고 해를 끼쳤다는 오해를 받을 수도 있었다. 내 영화가 아닐 바에야 사무보조를 하겠다며 겨우 붙어 있는 처지였다. 인정하기 싫지만 미련이 남기도 했다.

평소와 달리 캐서린은 커피를 마시고 들어가자고 했다. 간만에 미세먼지가 없는 봄날이었으니 벚꽃 구경 정도는 할 수도 있었지만 찝찝함이 가시지 않았다. 그렇다고 대놓고 물어볼 수도 없었다.

벚꽃은 아직이었다.

"일주일은 더 있어야겠다."

"그래도 사진 한 장 찍자."

캐서린은 내게 폰을 건넨 뒤 벚나무 앞에 섰다. 나는 무릎을 살짝 굽혀 사진을 찍었다. 캐서린은 재빨리 달려와서 사진을 확인했다.

"소진 씨는 카메라 감독이랑 친하게 지내야겠다. 영화 감독이 찍어 줬다고 하기엔 영 별로네. 좀 길게 찍어 주지."

더 이상 어떻게 길게 찍어 주냐고, 바닥에 드러눕기라도 해야 되는 거냐고 따지려다 관뒀다. 그나저나 유튜브는 대체 무슨 소리냐고 물어보려는 찰나 캐서린이 말했다.

"근데 자기는 왜 감독이 된 거야?"

"감독은 무슨."

"조감독은 감독 아닌가. 졸작이긴 해도 독립영화도 하나 했잖아."

졸업 작품을 말한다는 걸 알면서도 졸작이라는 단어가 가슴에 훅 꽂혔다. 나는 운이 없는 게 아니라 실력이 없는 것 아닐까. 조만간은 영원히 오지 않는 것 아닐까. 새로울 것 없는 불안이었지만 초조하긴 마찬가지였다.

"내 인생 내가 꽜지 뭐."

"그건 결과론이고. 어떤 희망을 품고 절망의 길에 들

어섰냐는 거지."

사뭇 진지한 표정 앞에 주절주절 떠들고 싶은 마음이 들었지만, 그랬다간 내일부터 온 동네 놀림감이 될지도 모른다. 모두가 유명해지고 싶고 상을 받고 싶어 했지만 그런 것들은 전혀 중요한 게 아니라는 듯 구는 바닥이다. 이미 꼬인 삶을 더 꼴 필요는 없었다.

"어쩌다 보니."

"비밀이다?"

"비밀은 무슨. 별거 없어. 근데 유튜브는 왜 물어본 거야?"

제법 자연스러운 전환이었다. 어쨌거나 그녀가 봤다면 아니라고 해도 그런 영상이 있다고 소문이 날 게 틀림없었고, 다들 그걸 굳이 돌려 볼 터였다. 누군가는 나를 알아볼지도 모른다. 신의라고는 눈곱만큼도 없는 사람으로 보이고 싶진 않다. 재능 없는 사람으로 찍힌 판에 신의까지 잃을 순 없었다.

"봤거든."

순간 가슴이 철렁 내려앉았다.

캐서린은 사진을 수정하다 이내 포기하고 삭제 버튼을 눌렀다.

절대 아니라고 발뺌해야 할까. 회사엔 말하지 말아 달라고 부탁을 할까. 부업이라도 해 보려고 한 거라고, 부업 때문에 주업을 잃을 순 없지 않으냐고 동정에 호소해야 할까. 차라리 상관하지 말라고 뻔뻔하게 말하는 게 나을까. 복잡한 마음 따위 알 리가 없는 캐서린은 한참 뜸을 들인 후에야 입을 열었다.

"영화관에서 소진 씨 혼자 카메라 들고 중얼거리길래 유튜브라도 하나 했지. 근데 진짜 아냐?"

긴장이 풀리는 바람에 폰을 떨어뜨릴 뻔했다. 가까스로 부여잡은 폰을 주머니에 넣으며 태연스레 말했다.

"아니라니까."

"유튜버도 아니면서 무슨 말을 그렇게 해? 애인 생겼어? 자기 영상통화도 해?"

"혼잣말이라도 했나 보지 뭐."

"혼잣말도 해? 난 혼잣말하는 사람 좀 무섭던데. 영화 찍는 사람들은 왜 하나같이 이상하게 구는 건지, 이해를 못 하겠네."

"점심시간 끝났어."

걸음을 재촉하는 찰나, 벚꽃 한 잎이 손에 내려앉았다.

어쩌다 뻗은 손바닥에 고이 내려앉은 꽃잎을 보고 있는데 주머니에서 폰이 울렸다. 화면에 뜬 이름을 보는 순간 심장이 요동쳤다. 대표였다. 대표가 내게 전화할 일이 뭐가 있을까. 설마, 캐서린이 벌써 소문을 내 버린 걸까. 캐서린은 어떻게든 한 장 건지겠다는 듯 벚꽃을 배경으로 셀카를 찍고 있었다. 혹시 내 이야기를 한 거냐고 따져 물으려는 순간 전화가 끊겼다.

캐서린이 불만스러운 표정으로 카메라를 끄며 내 옆

으로 다가왔다.

"캐서린 혹시 내 얘기 했어?"

"소진 씨 얘기? 무슨?"

"아까 말한 유튜브. 누구한테 했냐고."

"유튜브? 안 한다며?"

"그러니까 했다는 거야 안 했다는 거야?"

"갑자기 왜 흥분하고 그래? 감독들은 참 이상하더라. 꼭 이렇게 이상한 포인트에 급발진들을 해."

캐서린은 고개를 절레절레 흔들었다. 곧 죽어도 내 질문에는 대답하지 않았다.

"야 김숙자!"

주위 사람들의 시선이 우리에게 쏠렸다. 캐서린은 한숨을 푹 내쉬더니 나를 노려보았다.

"소진 씨, 그렇게 안 봤는데, 사람 망신 주는 거 좋아해? 그깟 유튜브 좀 하는 것 같다고 말한 게 무슨 큰일이라고 이래? 그 영상 진짜 소진 씨가 올린 거야?"

심장이 덜컥 내려앉았다.

아니, 뭐 이런 게 다 있지? 순간 캐서린, 아니 김숙자의 머리채를 잡아채고 싶었지만 다행인지 불행인지 일말의 이성이 붙어 있었다.

"흥분하는 거 보니 소진 씨가 올린 거 맞나 보네."

"누가 내가 올렸대? 아니, 숙자 씨가 대체 뭘 안다고 남의 말을 함부로 떠들고 다녀?"

"함부로 떠들긴 누가 떠들었다고 그래. 난 그냥 본 것만 말한 거야. 그리고 숙자라고 부르지 말랬지. 싫다는데 계속 하는 거 폭력인 거 몰라?"

"그럴 거면 개명을 하든가, 멀쩡한 이름 두고, 어울리지도 않게 캐서린은 무슨 캐서린이야."

숙자, 아니 캐서린은 나를 빤히 노려보았다. 그러곤 갑자기 닭똥 같은 눈물을 뚝뚝 흘렸다.

어이가 없었다. 화를 내고 울어야 할 게 누군데, 고작 이름 한 번, 아니 두 번 불린 게 다면서, 나는 지금 생계가 뚝 끊기게 생겼는데, 소리치려는데 캐서린이 냅다 뛰기 시작했다. 정말이지 미친 건가 싶으면서도 울면서 달아나는 사람을 그냥 내버려 둘 순 없었다. 어쩔 수 없이 나도 달렸다. 얼마 가지 않아 캐서린이 멈췄다.

겨우 따라잡고 숨을 몰아쉬는데 캐서린이 내 쪽으로 고개를 돌렸다. 그리고 배시시 웃었다.

"이렇게 해."

"뭐?"

"할 말 없을 거 아냐. 그냥 울어 버리라고. 안 되면 도망가고. 좀 야비하긴 하지만, 뭐 어때. 위기는 어떻게든 벗어나고 봐야지."

너무 황당하면 화도 나지 않는다. 말문이 막혀 캐서린의 얼굴을 빤히 쳐다보았다.

"표정 좀 풀어. 소진 씨 얼굴이 너무 심각해서 장난

좀 친 거야. 회사에서 이랬다간 큰일 나지."

"연기를 하지 그래?"

"자기가 나 좀 쓸래?"

김숙자의 해맑은 표정에 한숨만 나왔다.

주머니에서 다시 진동이 울리기 시작했다. 어떻게 해
야 할지 감이 잡히지 않았다. 이대로 집으로 도망칠까. 아
니면 재미없는 걸 재미없다고 한 게 무슨 죄냐고 따져 물
을까. 그냥 냅다 잘못했다고 빌어 볼까. 머릿속이 복잡해
지는 동안에도 회사를 향해 걸어가는 것 말고는 딱히 할
수 있는 게 없었다.

"사실 나도 연기가 좀 하고 싶긴 했어."

"연기하려고 들어온 거야?"

"아니, 난 현실적인 사람이야. 캐스팅 한번 되기도 힘
든 일에 목매달기는 싫어. 근데 오디션 영상을 주구장창
보잖아? 이딴 식이면 나도 하겠다는 생각이 들더라. 현실
적인 꿈이지."

"그건 현실적인 게 아니라⋯⋯"

"알아 알아, 남의 일이라 쉽다 그거지. 근데 그게 뭐?
남의 일처럼 내 일도 쉽게 하면 되는 거 아냐? 자긴 생각
이 너무 많아."

"⋯⋯재밌어?"

"재밌긴 무슨. 난 재미라면 딱 질색인 사람이야. 내가
왜 김숙자인 줄 알아?"

그제야 어떤 주제를 던져도 결국 자기 이야기로 돌아오는 게 캐서린의 특기라는 사실이 떠올랐다. 이름에 관한 사연이 궁금하지 않은 건 아니었지만, 그렇다고 지금 듣고 싶은 마음도 없었다. 하지만 굳이 말려 봤자 소용없었다.

"재미. 재미로 지었대. 숙자. 미자. 영자. 그런 이름들 다 옛날 세대 이름이잖아. 근데 우리 세대에 숙자라는 이름이 있으면 얼마나 재밌겠냐 한 거지. 엄마가 아는 사람 중에 가장 재밌는 사람이 숙자였대."

별것 아닌 사연에 맥이 풀리면서도 어쩐지 짠한 마음이 들었다. 한평생 불려야 할 이름이 누군가의 재미로 지어졌다니. 아무리 부모라고 해도 너무한 것 아닌가.

"요즘엔 개명 쉬워. 신청만 하면 다 된대."

"안 쉬워. 우리 엄마 평생의 재미인데, 그 재미를 내가 뺏을 순 없잖아."

나는 걸음을 멈추고 캐서린을 쳐다보았다.

"왜 그렇게 봐? 감동했어?"

"감동은 아니고, 좀 의외여서."

캐서린은 피식 웃었다.

"근데 다들 왜 캐서린이라 불러 달라고 하는지는 안 물어보더라."

그랬나? 그저 안 어울린다는 생각만 하고 말았던 건가? 어느 영화 주인공의 이름이라는 말을 들은 적이 있었던 것 같기도 한데.

"왜 캐서린인데?"

"그냥."

"뭐?"

"그냥 캐서린이 좋아서 캐서린이라고 불러 달라고 한 거야. 그러니까 소진 씨도 말해."

"무슨 말을 하라는 거야?"

나는 움찔하며 물었다.

"원하는 게 있으면 그냥 말하라고. 돌리지 말고, 이유를 설명하려 들지도 말고, 그냥 내가 원한다 뱉으라고. 가끔은 도저히 안 들어줄 것 같은 일도 들어주곤 하거든."

"내가 원하는 건, 고작 다른 이름으로 불러 달라는 수준이 아니야."

"뭐가 달라? 자긴 원하는 거 말해 본 적 한 번도 없지? 작든 크든, 우습든 진지하든, 돈이 얼마나 들든 그런 건 아무 상관 없어. 중요한 건 내가 그걸 원한다는 거고, 그게 이루어지길 바란다는 거지."

나는 잠시 아무 말도 하지 않았다. 캐서린이 다시 폰을 내밀었다.

"자, 그런 김에 사진 한 번 더 찍자. 여기 벚꽃이 더 많이 폈어."

나는 폰을 받아 들고 다시 한번 캐서린을 찍었다. 이번엔 무릎을 굽히는 정도가 아니라 바닥에 쪼그리고 앉

앴다. 한 번, 두 번, 세 번… 열 번쯤 더 찍은 후에야 일어
났다. 다리가 뻐근했다. 폰을 건네받은 캐서린은 만족스
럽다는 듯 웃었다.

"이것 봐, 말하면 결국 얻게 된다니까."

그 순간 주머니에서 또다시 진동이 울렸다.

"시간이 걸릴 뿐이지."

캐서린이 덧붙이는 말을 들으며 폰을 확인했다. 이번
엔 카톡이었다.

계속해서 피할 순 없었다. 어쨌거나 벌어진 일이었다.
뿌듯한 얼굴로 사진을 인스타에 업데이트하고 있는 캐서
린이 얄미웠지만, 설령 유튜브 때문에 잘린다고 할지라도
캐서린 탓이라고는 할 수 없는 일이었다. 호흡을 가다듬
고 카톡을 확인했다.

'김감독, 시나리오 투자 결정됨. 사무실 들어오면 내
방으로.'

머리 위로 돈을 뿌리고 있는 이모티콘과 함께 메시지
가 적혀 있었다. 보면서도 믿기지 않았다.

"뭐야? 좋은 일 있어?"

캐서린의 질문에 웃음이 배시시 흘러나왔다. 유튜브
는 더 이상 하지 않아도 되겠다는 안도감이 들었다.

일단 한번 해 봅시다

끝인가?

문득 찾아온 의문이었다. 3차 오디션을 앞두고 연습 중이었다. 커피나 한잔 마시려고 전기 포트에 물을 올렸다. 물이 끓기를 기다리며 창밖을 보는데 소용없다는 생각이 들었다. 계속되는 연습에 피곤했거나 아메리카노를 마시고 싶은데 믹스커피밖에 없었기 때문이었는지도 모른다. 심지어 마지막 하나 남은 커피였다. 가난이 뭔지도 몰랐던 나는 꿈을 꾼 뒤로 가난해졌다. 무릎이 튀어나온 추리닝 바지를 입고, 염색할 때가 지나 지저분한 머리를 고무줄로 대충 묶게 되었다. 꿈을 꾼 대가로 일상을 잃어버렸다. 느닷없이 찾아온 불안이 신의 마지막 경고처럼 느껴졌다. 우스운 일이었다. 한 발만 더 내딛으면 그토록 원하던 세계에 들어설 수도 있었다. 처음으로 가능성을 엿보게 되었는데 소용없다는 확신이 들다니.

하루하루 똑같은 삶이 지긋지긋했다.

단조롭고 밋밋한 길을 하염없이 걷는 것보다는 질펀한 진흙탕이어도 신나게 나뒹굴고 싶었다. 그렇게 나는 회사를 관두고 뮤지컬 배우가 되기로 결심했다. 사표를 내고 나오던 날, 뮤지컬을 봤다. 맨 오브 라만차. 예매도 힘든 공연인데 무턱대고 찾아간 현장에서 취소표를 구했다. 그럴 때가 있다. 인생이 오직 한 지점을 향해 굴러가는 것 같을 때. 모든 상황이 딱딱 맞아떨어지고, 가야만 하는 길을 드디어 찾았다 싶을 때. 왜 이제야 왔냐며 그 문이 활짝 열리는 것 같을 때. 모든 것이 불안을 덮기 위한 환상에 지나지 않는다는 걸 알아차렸을 땐 이미 돌이킬 수 없을 만큼 멀리 온 후였다. 뮤지컬을 보고 나왔을 땐 돈키호테가 되어 달려갈 준비가 되어 있었다. 쓰러지고 비웃음을 당해도 결코 포기하지 않으리라, 전력 질주를 결심했다.

그렇게 칠 년이 흘렀다.

여기는 중세 유럽이 아닌 21세기 대한민국이라는 것. 나는 기사가 아닌 백수에 불과하다는 것. 한눈에 반하는 사랑은 고사하고 연인마저 떠나갔다는 것. 돌아갈 집은 커녕 전세가 월세로 바뀌었다는 것. 나아가 '맨 오브 라만차'에 캐스팅되려면 어마어마한 실력을 갖춰야 한다는 것과 그 실력이 내게는 전혀 없다는 것을 인정할 수밖에 없는 시간이었다. 미련의 시간치고는 지나치게 길었다. 불가능한 꿈은 나를 점점 더 희미하게 만들었다. 때때로 내가 이미 사라진 사람처럼 느껴지기도 했다. 실은 모두에게 나 따윈 보이지 않는 것 아닐까.

갑자기 회사를 관두었던 것처럼 도망치듯 연습실을

빠져나왔다.

일단 나오긴 했지만 갈 곳도 할 수 있는 일도 없었다. 핸드폰은 물론 교통카드도 두고 나왔기 때문에 집에도 갈 수 없었다. 걷기에는 먼 거리였다. 자기 연습실을 마음껏 써도 좋다는 혜성의 말에 지하철을 타고 한 시간이 남짓한 거리를 매일 오갔다.

첫 오디션에서 혜성을 만났다. 앞뒤 번호였던 우리는 긴장을 풀기 위해 대화를 나눴고, 많은 공통점을 발견했다. 동갑이었고, 회사를 뛰쳐나온 것 역시 같았다. 다른 점이 있다면 혜성은 단역이긴 해도 뮤지컬 경험이 있다는 것, 집에서 전폭적인 지원을 받고 있다는 거였다. 혜성인 기꺼이 자신의 것을 나누었다. 같은 오디션을 보면서도 경쟁자가 아닌 동료로 나를 대했다. "우리끼리 싸워서 뭐 해. 외롭기만 하지." 그 말을 증명이라도 하듯 내가 흔들릴 때마다 붙잡아 주곤 했다. 이것 역시 제대로 된 길을 찾았다는 계시처럼 느껴질 때가 있었는데, 이제는 도망칠 수도 없게 하는 족쇄 같았다. 한때는 너무 아름다워서, 꼴 보기 싫다며 끊어 버릴 수도 없을 만큼 강력했지만 그 힘 역시 다한 모양이었다.

주머니를 뒤져 보아도 천 원짜리 한 장 나오지 않았다. 귀가 떨어져 나갈 듯한 칼바람이 불었다. 집보다는 오디션장이 가까웠다. 여기까지 왔으니 오디션이라도 볼까 싶었지만 자신 없었다. 안 될 일을 굳이 확인하고 싶지 않왔다. 혹시나 혜성의 눈에 띌까 봐 오디션장으로 가려던 발걸음을 얼른 돌렸다. 어쩔 수 없이 연습실로 돌아갔다.

문고리를 잡기도 전에 문이 벌컥 열렸다. 오디션장에 있어야 할 혜성이 눈앞에 있었다.

"폰도 두고 어디 갔다 와? 한참 찾았잖아."

걱정과 짜증이 뒤섞인 말투였다.

"오디션 안 갔어?"

"같이 가려고. 가자, 늦겠다."

"안 가. 폰 가지러 온 거야."

"미쳤어?"

"그만할래. '최종까지 갔었는데' 한마디 때문에 버틴 거 같아."

"신세 한탄은 갔다 와서 해."

"한탄하는 거 아니야. 현실을 보는 거지."

"그놈의 현실 어디 도망 안 가니까 갔다 와서 하라고."

이럴 때 혜성은 말이 통하지 않는다.

결국 혜성의 손에 이끌려 오디션장에 들어섰다. 두 번이나 걸렸다고 하기엔 사람이 많았다. 열 명 정도 남았다면 희망이 생겼을까. 십 대 일이든 백 대 일이든 결국엔 되지 못하면 소용없는 일이었는데, 내 눈에는 언제나 그 앞의 숫자가 먼저 들어왔다. 앞의 숫자가 줄어들면 희망이 늘어나기라도 할 것처럼.

우리는 구석에 비어 있는 자리를 겨우 찾아 앉았다.

딱딱한 의자에 앉아 기다리는데, 문득 보물찾기가 떠올랐다.

어린 시절 소풍 갈 때마다 했던 보물찾기. 상품이 적힌 쪽지를 찾아오면 되는 게임. 무엇이든 일단 찾기만 하면 환호하게 되는, 찾는 것 자체가 목적이고 기쁨인, 찾는 것만으로 승자가 될 수 있는 게임. 모든 아이들에게 선물을 주기 위한 게임에서 나는 늘 졌다. 헤매고 뒤지고 울어도 봤지만 쪽지가 보이지 않았다. 그 모습을 안타깝게 여긴 친구가 한 장 건네거나 선생님의 도움으로 남은 쪽지를 받는 게 게임에서 소외되지 않는 유일한 방법이었다. 하염없이 헤매다 평범하게 살던 나는 꿈을 찾은 사람들이 부러웠다. 그들이야말로 인생의 진정한 의미를 깨닫게 된 승자처럼 느껴졌다. 어린 시절 보물을 더럽게 못 찾던 나는, 서른이 넘어서도 꿈을 찾지 못했고, 갈증에 허덕였다. 꿈을 꾸고 싶었고, 쾌재를 부르고 싶었다. 나도 찾았다고 소리치고 싶었다. 뮤지컬을 만났을 때, 드디어 쪽지를 내 손에 쥐었다고 믿었었다.

"꽝이 있었어."

"갑자기 또 무슨 말이야."

"보물찾기 말이야. 모든 쪽지에 상품이 적혀 있던 게 아니라고."

"뜬금없이 웬 보물찾기 타령이야."

"내가 찾은 게 꽝일 수도 있었는데, 찾기만 하면 되는 줄 알았어."

"헛소리 그만하고 대본이나 봐."

"봤어."

"또 봐. 마인드 컨트롤이라도 하든가."

혜성은 대답을 하면서도 대본에서 시선을 떼지 않았다.

연습실로 돌아가는 게 아니었는데. 찬바람을 맞으며 정신 차렸어야 하는 건데. 액정도 깨진 폰에 미련 두는 게 아니었는데. 그대로 사라져 버렸어야 하는 건데. 그랬더라면 이제 와서 그만두는 게 말이 되냐고 타박도 듣지 않았을 테고, 화려한 경쟁자들 사이에서 나의 가망 없음을 되새길 필요도 없었을 텐데.

긴장과 후회의 얼굴들이 오디션장 문을 오가는 사이에도 다들 고개를 숙인 채 대본을 읽었다. 숨죽여 작은 소리로 노래를 부르거나 작게나마 몸을 움직였다. 모두가 일생일대의 기회를 붙잡기 위해 안간힘을 쓰고 있었다. 쪼그리고 앉아 믹스커피를 마시지 않았더라면 나 역시 여전히 희망을 붙잡고 있었을까.

참다못한 혜성이 대본에서 시선을 뗐다.

"해 보지도 않고 끝낼 순 없잖아."

이대로 끝내면 안 되는 이유가 뭘까. 꿈 좀 꿨다는 이유로 거절의 치욕을 감내해야만 하는 걸까. 끊임없이 비참해지는 일을 어째서 끝까지 해야만 하나. 망칠 게 뻔한데도 계속해야만 하는 이유가 대체 뭘까.

"이번에 떨어지면 관둬. 끝을 봐야 끝을 내지. 지금 관두면 미련밖에 안 남아. 끝까지 해 볼걸, 하는 것보다 끝까지 해 봤는데 안 됐어, 하는 게 낫다고."

그러니까 조금 더 나은 실패를 위하여 실패로 끝내선 안 된다는 거였다. 반박하고 싶었지만 적당한 말이 떠오르지 않았다. 더는 말하지 않자 혜성은 안심한 듯 대본으로 시선을 옮겼다.

오디션장 문이 열리고 키가 큰 여자가 나왔다. 가만히 서서 깊게 숨을 내쉬는 그녀는 홀가분해 보였다. 잘했건 못했건 남은 건 기다리는 것뿐이라는 듯 핸드폰을 꺼내 무언가 확인하고는 유유히 대기실을 빠져나갔다.

곧이어 스태프가 나왔다.

"이서윤 씨 들어오세요."

나는 쭈뼛거리며 일어났다.

어찌 되었건 여기까지 왔다. 내 마음이 어떻든 일단은 노래를 부르며 춤을 춰야 한다.

일단은.

　누구나 한 번쯤은 지망생인 시간이 있다지만, 나로선 그 시간이 제법 길었던 것 같다. 그 무렵 나는 응원의 말은 물론 해피엔딩조차 싫었다. 때때로 "현실은 그렇지 않다고!" 외치고 싶었다. 그렇다고 괴롭기만 한 것도 아니었다. 우는 만큼 웃었고, 실망하는 만큼 기대도 많이 했다. 좌절하는 만큼 힘도 냈다. 이해받지 못한다고 느끼는 만큼 위로도 많이 받았다. 그래서였을까. 눈물 나는 시간 속에서도 꿋꿋이 현실에 발 디디고 있는 이들을 그리고 싶었다. 꿈이 이루어지건 이루어지지 않건 버티고 있다는 사실만으로 박수를 쳐 주고 싶었다. 어둑한 시간이 지나면 또 다른 풍경을 만날 수 있을 거라고 믿고 싶었다. 그렇게 스스로를 응원하고 싶었던 것 같다. 그 마음이 통한 걸까. 시간이 멈춰 있는 것 같을 때 썼던 소설을 시간이 흘러 새로운 모습으로 만나게 되었다.

　《망생의 밤》의 시간이 시작될 수 있도록 믿고 도와준 가족과 그 시간이 끝나지 않도록 손을 내밀어 준 카멜북스,

한결같이 응원해 준 친구들에게 각별한 애정과 감사의 마음을 전한다. 무엇보다 《망생의 밤》이 또 다른 얼굴로 나올 수 있도록 읽어 주신 모든 분들께 감사드린다.

지망생의 시간이 끝난 후에도 내 삶은 크게 달라지지 않았다. 여전히 막막한 두려움 속에서 일말의 기대를 품고 글을 쓴다. 조금 더 좋은 글을 쓸 수 있도록 꾸준히 나아가고 싶다. 그러니 내 소설 역시 누군가 나아가려는 마음에 조금이나마 응원이 될 수 있길 바란다. 모두 편안한 밤 보내시길.

2022년 봄
—————— 이서현

망생의 밤

초판 1쇄 발행 2022년 6월 10일

지은이 이서현
펴낸이 이광재

책임편집 김난아
디자인 이창주
마케팅 정가현   **영업** 이윤철, 허남

펴낸곳 카멜북스   **출판등록** 제311-2012-000068호
주소 서울특별시 마포구 양화로12길 26 지월드빌딩 (서교동 395-7) 3층
전화 02-3144-7113   **팩스** 02-6442-8610   **이메일** camelbook@naver.com
홈페이지 www.camelbooks.co.kr   **유튜브** youtube.com/camelbooks
인스타그램 @camelbook

ISBN   979-11-978959-0-6 (03810)

• 책 가격은 뒤표지에 있습니다.
• 파본은 구입하신 서점에서 교환해 드립니다.
• 이 책의 저작권법에 의하여 보호받는 저작물이므로 무단 전재 및 복제를 금합니다.